JULGANDO O AMOR

JULGANDO O AMOR

RAFAEL CARLOS DA CRUZ

Labrador

© Rafael Carlos da Cruz, 2025
Todos os direitos desta edição reservados à Editora Labrador.

Coordenação editorial Pamela J. Oliveira
Assistência editorial Vanessa Nagayoshi, Leticia Oliveira
Direção de arte Amanda Chagas
Capa João Schmitt
Projeto gráfico Mariana Rodrigues
Diagramação Aldo Menezes
Preparação de texto Monique Pedra
Revisão Andresa Vidal

Dados Internacionais de Catalogação na Publicação (CIP)
Jéssica de Oliveira Molinari - CRB-8/9852
_____

Cruz, Rafael Carlos da

    Julgando o amor / Rafael Carlos da Cruz.
    São Paulo : Labrador, 2025.
    128 p.

    ISBN 978-65-5625-779-2

    1. Ficção brasileira 2. História de amor 3. Racismo I. Título

24-5675   CDD B869.3
_____

Índice para catálogo sistemático:
1. Ficção brasileira

Labrador

Diretor-geral Daniel Pinsky
Rua Dr. José Elias, 520, sala 1
Alto da Lapa | 05083-030 | São Paulo | SP
contato@editoralabrador.com.br | (11) 3641-7446
editoralabrador.com.br

A reprodução de qualquer parte desta obra é ilegal e configura uma apropriação indevida dos direitos intelectuais e patrimoniais do autor. A editora não é responsável pelo conteúdo deste livro. Esta é uma obra de ficção. Qualquer semelhança com nomes, pessoas, fatos ou situações da vida real será mera coincidência.

A todas as mulheres, por sua força e graça.
Em especial, àquelas que tornam minha vida mais
rica e cheia de amor: Larissa, minha esposa;
Ivany, minha mãe; Aline e Amanda,
minhas irmãs; e minhas sobrinhas,
Flávia e Maria Alice.

SUMÁRIO

Prólogo ——————————————————— 9

Parte 1: O começo do fim
Capítulo 1: Sob a luz da lua ——————————— 13
Capítulo 2: Amores e correntes invisíveis ————— 25
Capítulo 3: A escalada ———————————— 47
Capítulo 4: O peso das decisões ———————— 61
Capítulo 5: A explosão ———————————— 69

Parte 2: Um fim para um recomeço
Capítulo 6: Quando tudo parece estar desmoronando ——————————————— 87
Capítulo 7: Julgando o amor ————————— 103

Epílogo ——————————————————— 123

PRÓLOGO
Ouro Preto, Brasil

AGOSTO DE 1891

Dr. Miguel Barbosa finalmente ocupava o posto mais alto do tribunal, após a longa leitura do relatório da sentença. Pigarreando, molhou a boca com um gole de água e voltou sua atenção ao documento.

— Este é o relatório. Decido: pelo exposto, considerando as robustas provas apresentadas durante a instrução do caso, declaro Luísa da Silva culpada nos termos pleiteados pela acusação. Considerando a gravidade da sua conduta e com a intenção de aplicar uma punição exemplar, condeno a ré à pena de execução imediata por enforcamento, sem direito a recurso. A sentença será cumprida em praça pública até o fim desta semana — finalizou o juiz, enquanto as vozes dos populares aplaudiam e saudavam a decisão.

Após o julgamento, dr. Miguel Barbosa livrou-se da beca e, com sua bengala em mãos, lançou um último olhar para Luísa, a jovem a quem acabara de sentenciar à morte.

Mesmo vestida em trapos, era impossível não notar sua beleza — os cabelos pretos e ondulados, a pele retinta e o corpo esbelto. Mas o que mais lhe chamou a atenção foi o olhar destemido que Luísa mantinha, desafiando-o, sem nenhum vestígio de medo ou submissão.

Diferente dos outros condenados, Luísa não se curvou, não abaixou a cabeça, nem demonstrou raiva ou desânimo. Enfrentou cada palavra da sentença com uma bravura inabalável, retribuindo o olhar fulminante do juiz com a mesma intensidade. Para muitos, a morte seria assustadora, mas Luísa já conhecia dores maiores. Sua sentença de morte não foi proferida naquele tribunal, mas no momento em que ele, aquele que tanto amava, hesitou sobre o que compartilharam.

Em breve, nada mais importaria. Tudo seria silenciado, e a dor e o vazio deixados por ele desapareceriam de seu peito.

PARTE 1

O COMEÇO DO FIM

CAPÍTULO 1
SOB A LUZ DA LUA

A pesar das baixas temperaturas dos últimos meses, o dia amanheceu com pouca neblina, um céu claro e o sol prometia um dia menos frio. Era exatamente o que Luísa da Silva, no auge de seus dezenove anos, desejava ao observar os primeiros raios de luz entrarem pelo telhado de palha da choupana onde morava com sua mãe, Maria da Silva, em uma comunidade quilombola próxima a um dos distritos de Ouro Preto.

Naquela manhã, como de costume, Luísa acendeu uma vela diante do pequeno altar dedicado à Nossa Senhora do Rosário. Juntas, em um ritual de gratidão e devoção, mãe e filha rezaram pedindo pela proteção da santa, um símbolo maternal que as guiava e protegia desde que Luísa se entendia por gente.

— Mãe, sinto que o sol trará boas novas para nós hoje — disse Luísa, contemplando a imagem da santa.

Maria, com um sorriso nos olhos, docemente concordou:

— Sim, minha querida. Nossa Senhora do Rosário sempre nos protege. Suas preces são como raízes que nos mantêm firmes nesta terra.

Maria, uma mulher negra, forte e corpulenta, tinha cinquenta e quatro anos. Apesar das feridas e abusos sofridos durante sua história de resistência, ela nunca perdeu a doçura, tornando-se uma curandeira respeitada na comunidade. Sempre procurou transmitir a Luísa respeito e amor às suas origens.

— Eu amo nossa vida aqui, mãe, mas às vezes sinto que não pertenço apenas a esta terra. Sinto que tenho outros chamados. Sonho em conhecer além dos limites do que nossos olhos são capazes de ver — afirmou Luísa, com a determinação que já demonstrava desde muito nova. Sua personalidade firme e seu espírito livre a enchiam de orgulho, mas também de preocupação.

— Você tem um coração inquieto, Luísa. Mas lembre-se: suas raízes são fortes aqui. Você carrega o sangue de nossos ancestrais e também sua coragem e sabedoria — disse Maria, sempre tentando transmitir à filha a importância da fé, do conhecimento das ervas medicinais e das tradições africanas.

— Sei disso, mãe. Mas, às vezes, sinto que há mais para descobrir lá fora. Mais conhecimento, mais histórias para contar — disse Luísa, voltando seu olhar para a mãe, buscando aprovação.

Maria retribuiu o olhar, assinalando:

— As histórias estão em todo lugar, minha querida. Nas folhas das árvores, nas pedras dos rios, nos olhos das pessoas. Você só precisa aprender a ouvi-las.

Conforme Luísa crescia, Maria notava que sua filha se destacava não apenas pela beleza singular — pele retinta e cabelos pretos como a noite —, mas também por sua inteligência e habilidades práticas. Luísa rapidamente aprendeu a caçar com os homens da comunidade, a cuidar das plantas e a liderar cerimônias religiosas sincréticas, que mesclavam elementos do catolicismo com as tradições africanas que tanto marcavam a vida no quilombo.

Ela cuidava e acolhia de maneira única todos que, fugindo das mais variadas opressões, encontravam no quilombo um ambiente de refúgio, igualdade e pluralismo cultural. Nesse ambiente de liberdade relativa, Luísa desenvolveu uma curiosidade insaciável pelo mundo além dos limites da comunidade. Apesar das restrições sociais e raciais impostas pela sociedade da época, seu espírito a impulsionava a buscar conhecimento e novas experiências.

Na imponente mansão da família Costa, situada nos arredores de Ouro Preto, os dias começavam com a mesma pompa e rigidez que caracterizavam a rotina da elite tradicional mineira. A casa era um verdadeiro símbolo do poder e da influência da família Costa em Minas Gerais.

Móveis antigos de madeira maciça, tapeçarias finamente tecidas e retratos de antepassados pintados a óleo decoravam os ambientes, demonstrando a tradição e a linhagem que datava dos tempos coloniais.

A atmosfera era de uma elegância rigorosa, em que cada objeto tinha seu lugar e cada ação era minuciosamente planejada, refletindo a força e a tradição da família Costa, que sempre exerceu enorme influência econômica na exploração de minério na região desde a chegada de seus descendentes de Portugal.

Naquela manhã de domingo, André Costa, o filho mais novo e herdeiro aparente da riqueza da família, acordava ao som suave de Chopin, que ecoava do piano de seu pai na sala de estar, espalhando-se pelos corredores e cômodos ornamentados da mansão.

Ao contrário do ambiente ostentoso que o cercava, André, aos seus vinte e três anos, possuía uma aparência marcada pela simplicidade e um olhar que refletia uma alma inquieta. Seus cabelos escuros, cortados impecavelmente, contrastavam com a pele clara e os olhos verdes, que expressavam uma mistura de curiosidade e compaixão. Alto e esguio, ele se movia com a graça de quem estava acostumado a ocupar os espaços privilegiados da sociedade.

Consciente de que a família já o aguardava para o desjejum, André observou as horas, lavou rapidamente o rosto e escovou os dentes. Como era tradição aos domingos, dirigiu-se primeiramente à sala para encontrar seu pai, Pedro Costa, antes de seguirem juntos para a mesa de café, onde encontrariam sua mãe, Irene, sua irmã, Patrícia, e seu cunhado, Roberto, que, como de costume, reuniam-se em família para o desjejum dominical.

— Sua bênção, pai — disse André, que, distraído, finalizava as últimas notas da canção de Chopin no piano.

— Deus lhe abençoe, meu filho. Como sempre, e para o desespero da sua mãe, tendo dificuldades com o relógio, não é mesmo? — Sorriu carinhosamente.

— Ainda não percebeu que uma das minhas missões é fazer a mãe ser menos inflexível, pai? — retrucou André, com uma leve piscadela.

— Qualquer hora dessas, você levará sua mãe à histeria. Sabe como ela é apegada aos costumes e, ainda assim, você a desafia — advertiu Pedro, caminhando com o filho por um dos corredores que os conduziriam à sala de jantar, onde o café da manhã seria servido.

— Algumas vezes me pergunto de onde veio esse apego da mãe às tradições, e até mesmo o que nossos antepassados diriam se vissem o mundo de hoje. Suas escolhas moldaram tudo o que nossa família é hoje, mas o mundo é outro, e somos também outros... — comentou André, observando alguns dos retratos espalhados pelo corredor.

— Nossos antepassados foram homens visionários, André. Eles construíram nosso nome sobre os pilares da tradição e da responsabilidade, e devemos a eles nosso respeito e o dever de manter o legado — disse Pedro, com convicção.

Ao que André rapidamente retrucou:

— Mas, pai, e se algumas dessas tradições não forem mais adequadas aos tempos atuais? E se o mundo nos pede para mudar? E se não nos identificarmos com essa vida? — questionou André.

Ao que Pedro, com expressão preocupada, respondeu:

— Mudança é uma palavra perigosa, meu filho. Ela pode trazer progresso, mas também a completa destruição. Nossa responsabilidade é preservar o legado, a honra e o nome da nossa família — afirmou Pedro a André, que, ao avistar sua mãe aproximando-se, absteve-se de continuar o diálogo, guardando para si aquele pensamento que tanto o dominara, como se estivesse entre dois mundos: um de privilégios e engessamento e outro de desafios que não poderia ignorar.

Educado nas melhores escolas de Ouro Preto, André alimentava-se não apenas do conhecimento acadêmico, mas também dos ideais abolicionistas e progressistas que começavam a ecoar entre os intelectuais da época. Apesar de seu status privilegiado, ele não se contentava em ser apenas um herdeiro de fortuna; buscava entender as complexidades do mundo e das relações, guiado por um senso de justiça que frequentemente o colocava em conflito com as expectativas conservadoras de sua família para seu futuro.

A noite caía sobre Ouro Preto, envolta em uma atmosfera de celebração. Era o dia da festividade do Rosário, uma tradição ancestral que remontava aos primórdios do povoamento da região. Desde o amanhecer, as ruas estreitas se enchiam de cores, sons e vida. Cortejos exuberantes desfilavam ao longo do dia, exibindo reis e rainhas escolhidos a dedo, enquanto bandas musicais preenchiam o ar com melodias que faziam o coração bater mais forte. Grupos de marujadas, com trajes ricos e movimentos precisos, dançavam e cantavam, perpetuando uma tradição nascida no tempo dos escravos.

Caminhando entre a multidão, Luísa recordava como, desde criança, era fascinada por cada detalhe das celebrações de Nossa Senhora do Rosário, que costumava marcar o início de um novo ano. As ladeiras de Ouro Preto, iluminadas pela luz quente das lamparinas e pelas velas que adornavam os altares improvisados, pareciam ganhar vida própria. O som dos tambores ecoava por todos os cantos, misturando-se ao canto das marujadas e criando uma atmosfera que era, ao mesmo tempo, solene e festiva.

Com um vestido branco de tecido simples, que outrora pertencera à sua mãe na juventude, Luísa não passava despercebida entre a multidão. Seus olhos, escuros como a noite, observavam tudo ao redor com paixão e vivacidade, mas também com uma pitada de melancolia. Desde a abolição, o mundo passava por profundas transformações, especialmente no que dizia respeito à história de seus ancestrais. Ainda assim, ela sentia que as expectativas e as restrições sociais a acompanhavam como uma sombra.

Foi nesse cenário que Luísa viu, pela primeira vez, o jovem André. Ele imediatamente capturou seu olhar, como se uma força invisível a puxasse em sua direção. No centro de um grupo de outros jovens igualmente abastados, André ria e conversava, mas algo nele a hipnotizava — o brilho envolvente daqueles olhos verdes, o sorriso deslumbrante que fazia seu coração acelerar.

Quando seus olhares finalmente se cruzaram, por um breve e intenso instante, o mundo ao redor pareceu parar. A música, as risadas, os cantos — tudo desapareceu, deixando apenas o silêncio eloquente daquela conexão. André, igualmente enfeitiçado, não conseguiu disfarçar a atração irresistível que sentia. Soube, naquele momento, que precisava conhecê-la. Algo profundo e inexplicável o puxava para Luísa, como se o destino tivesse traçado aquele encontro.

Com o coração acelerado, André se afastou discretamente de seus amigos e caminhou em direção a Luísa. Quando finalmente se encontraram, as pernas fraquejaram. Uma força silenciosa os conectava, algo que os desafiava e cativava igualmente. As primeiras palavras trocadas foram poucas, quase insignificantes, mas a conexão entre eles era palpável.

— Boa noite, senhorita — disse André, com a voz suave.
— Boa noite, senhor — respondeu Luísa, tentando manter a compostura, embora seu coração batesse descompassado.

Enquanto a festividade continuava ao redor deles, os dois começaram a conversar. Intuitivamente, afastaram-se da multidão, encontrando refúgio em um pequeno jardim escondido atrás de uma igreja, onde a luz da lua iluminava suavemente as flores ao redor. Ali, longe dos olhares curiosos, o som distante dos tambores ainda os alcançava, mas agora soava como a batida ritmada de seus corações.

Inicialmente, as palavras trocadas foram triviais e um tanto desajeitadas. Comentaram sobre a beleza da celebração, a marujada que continuava a dançar ao som dos tambores e sobre as diferenças e privilégios entre as vidas de André e Luísa. À medida que a conversa fluía, André começou a perceber que Luísa possuía uma mente mais afiada do que ele jamais poderia imaginar, com uma compreensão profunda do mundo ao seu redor, o que o fascinava. Ela falava com paixão sobre seu povo e as dificuldades que ainda enfrentavam, mesmo após a abolição, e André se viu cativado por sua simplicidade, sinceridade e coragem.

— Esta é, sem dúvida, minha festividade preferida, por todo o seu significado para o meu povo — dizia Luísa, com entusiasmo. — Carrega muita história e resistência. Cada tambor que soa, cada passo de dança carrega a memória de quem lutou por liberdade.

— Liberdade... Como tenho apreço por essa palavra! Como ela é significativa, não é mesmo? — indagou André, olhando fixamente nos olhos de Luísa, que o fascinavam. — Acredito que, para vocês, ela deve ter um peso ainda maior...

— Para mim, liberdade é mais do que andar sem correntes. É poder ser quem sou, sem medo, sem amarras sociais. Mas sei que ainda temos um longo caminho até que todos possam sentir isso... — afirmou Luísa, sorrindo.

André, cada vez mais encantado, percebeu que ela não era apenas bonita; era forte, corajosa, uma mulher que sabia o que queria, mesmo que isso significasse desafiar o mundo ao seu redor.

— Você tem uma visão muito clara, Luísa. É raro encontrar alguém que veja o mundo de forma tão... verdadeira. Eu admiro isso... — confessou André, aproximando-se ainda mais.

Luísa, sentindo a tensão da proximidade, afastou-se delicadamente:

— E o que um jovem de família tão abastada como você pensa sobre liberdade e igualdade? É algo que realmente lhe importa ou apenas uma ideia distante? — desafiou Luísa, curiosa pela resposta que viria.

— Para muitos de onde venho, talvez seja uma ideia distante — respondeu André, com seriedade. — Mas, para mim, é algo que sinto necessidade de lutar. Cada vez que vejo injustiça, cada vez que ouço sobre as dificuldades que tantos ainda enfrentam, sei que não posso ficar de braços cruzados.

— Palavras corajosas, André. Mas será que você está realmente disposto a enfrentar isso, mesmo que signifique ir contra aqueles que ama? — indagou Luísa.

André, com uma serenidade admirável, tomou carinhosamente a mão de Luísa, intensificando ainda mais a tensão entre eles, provocando um frio prazeroso em sua barriga.

— Estou disposto a ir contra o que for necessário, Luísa, se for pelo que acredito. E, especialmente agora, sinto que posso ter encontrado algo... ou alguém... que pode fazer com que essa luta valha ainda mais a pena.

A tensão e atração entre eles cresciam a cada momento, reais e tão intensas que se tornava impossível ignorá-las, aproximando-os instintivamente.

— Não sei se devemos seguir por esse caminho, André. Mas, ao mesmo tempo, sinto que quero pagar para ver... — disse Luísa, sorrindo com um lapso de receio.

— Então, não se afaste, Luísa. Vamos descobrir juntos até onde esse caminho pode nos levar — sussurrou André, com os olhos fixos nos dela.

Seguiu-se um crescente silêncio, enquanto seus olhares permaneciam entrelaçados, cientes de que estavam prestes a cruzar uma linha perigosa e incerta, diante de uma conexão absolutamente irresistível.

— Talvez seja o destino que nos colocou aqui, nesta noite, sob o olhar do Rosário — disse Luísa, quebrando o silêncio.

— Se for destino, então estou mais do que disposto a seguir seus caminhos — respondeu André, com um sorriso que desconcertou ainda mais Luísa. Ela, então, fixou os olhos naquele sorriso, naqueles olhos verdes brilhando à luz da lua, e soube que não poderia mais resistir.

O beijo que se seguiu foi cheio de desejo e promessas não ditas. Selava um pacto silencioso entre eles, um acordo de que, independentemente das consequências, iriam viver aquele amor, mesmo que fosse às escondidas, mesmo que o mundo ao redor tentasse separá-los.

Quando se afastaram, ofegantes, ambos sentiam que estavam jogando um jogo perigoso. Luísa, com sua posição na sociedade, e André, com suas responsabilidades e expectativas familiares, entendiam os riscos. Mas, naquele momento, nada disso importava.

A festividade do Rosário continuava nas ruas de Ouro Preto, com seus cantos e danças ecoando noite afora. Mas, para Luísa e André, aquele momento marcava o início de uma jornada perigosa, repleta de amor, desejo e resistência, na qual estavam dispostos a desafiar as normas, a lutar contra as barreiras que se erguiam entre eles, por um amor que já nascia avassalador, intenso e irresistível.

CAPÍTULO 2
AMORES E CORRENTES INVISÍVEIS

Os dias que sucederam à festividade do Rosário passaram como um borrão de entusiasmo e felicidade para Luísa e André, típicos de apaixonados. A lembrança de seus primeiros olhares, trocados em meio às celebrações, estava gravada em suas mentes como uma chama que, longe de se apagar, só fazia crescer.

Arrebatados pela intensidade do sentimento, sempre que possível, procuravam oportunidades para novos encontros, em locais remotos, longe dos olhares vigilantes da sociedade. Buscavam preservar aqueles momentos em que o mundo era só deles.

Cada encontro furtivo, cada palavra sussurrada e toque roubado intensificava um desejo que não podiam mais negar. Em uma dessas ocasiões, numa tarde quente de verão, o casal encontrou refúgio nas terras próximas ao quilombo, em um dos lugares mais especiais para Luísa. Sob a sombra acolhedora de uma imponente árvore, cujas folhas balançavam suavemente ao ritmo da brisa, eles se sentaram, contemplando a vista de um rio onde os raios do sol brincavam na superfície da água. Ali, envoltos pela serenidade do ambiente, entregaram-se a conversas íntimas, compartilhando sonhos e temores. André a segurava em seus braços, como se quisesse protegê-la de tudo o que existia além daquele momento.

— Agora eu entendo por que insistiu tanto para me encontrar aqui... Mas será que não é arriscado para você? — perguntou André, enquanto Luísa repousava a cabeça no ombro dele.

— Eu queria te mostrar meu lugar favorito desde a infância, André. Porque estar com você me dá a sensação de que o tempo para, e é mágico dividir isso com você. É a potencialização do meu paraíso particular... — continuou Luísa, ainda com a cabeça no ombro dele. — Às vezes, me pergunto se o que estamos vivendo é mesmo real. Se, em tempos assim, apenas o amor é o bastante.

— Nosso amor é real — respondeu André, beijando o topo da cabeça dela. — É a coisa mais real que já experimentei, Luísa. E é por isso que precisamos lutar por ele, mesmo que as convenções não o admitam.

— Esse é meu maior receio. Não tenho certeza de onde tudo isso pode nos levar... Você sabe que o mundo em que vivemos não aceita esse tipo de amor. As pessoas como eu... Elas não são vistas como iguais. Ainda há muitos que apenas nos objetificam. Somos julgados pela cor da nossa pele, pela nossa origem. E você, vindo de uma família tão influente, estaria arriscando tudo — argumentou Luísa, enquanto André apertava sua mão carinhosamente, com um olhar cheio de determinação.

— Não me importa o que os outros pensem. Eu te amo, Luísa. E estou disposto a enfrentar qualquer coisa por você. As pessoas que veem distinções onde não deveria haver nenhuma estão erradas, e eu não vou deixar que elas nos separem.

Luísa sentia o calor das palavras de André, mas suas preocupações permaneciam. Ela sabia que, no fundo, a realidade era cruel, e o mundo ao redor não mudaria facilmente.

— Você não entende completamente, André. Você pode querer lutar, mas eu e os meus ainda enfrentamos esses preconceitos todos os dias. A maneira como olham para mim, como falam comigo... Como se eu fosse menos, como se eu não tivesse direito a sonhar, a amar, mas apenas a servir.

André a puxou gentilmente para mais perto, envolvendo-a em seus braços, em um abraço protetor, enquanto sussurrava:

— Eu sei que é difícil, Luísa. E eu nunca poderei sentir o que você sente, mas quero estar ao seu lado em cada passo dessa luta. Quero ser a pessoa com quem você pode contar, independentemente de qualquer coisa.

Luísa sentiu as palavras de André penetrarem em sua alma. Ali, envolta nos braços dele, ela se permitiu acreditar que talvez, apenas talvez, eles pudessem desafiar as probabilidades.

Então, sem dizer mais nada, André se inclinou e a beijou. Foi um beijo terno, mas cheio de uma paixão contida, como se fosse a primeira vez. O mundo ao redor deles parecia desaparecer, deixando apenas o som de seus corações batendo em uníssono.

Quando se afastaram, ambos estavam sem fôlego, mas sorrindo, como se tivessem compartilhado um segredo precioso.

— Eu nunca imaginei que algo assim pudesse acontecer comigo... Amar alguém como você, que vem de um mundo tão diferente do meu — sussurrou Luísa, ainda extasiada pelo beijo.

— Eu também não, Luísa. Mas não posso ser negligente com o que sinto, e não posso desistir de nós — respondeu André, acariciando o rosto dela. Luísa sentiu seu coração acelerar. Havia algo na maneira como ele a olhava, como se ela fosse a única pessoa no mundo. Sentia-se, ao mesmo tempo, vulnerável e poderosa, como se nada mais no mundo tivesse importância.

Conforme o dia avançava e a noite se aproximava, o toque entre eles se tornava mais ousado, mais íntimo. As mãos de André exploravam os contornos do corpo de Luísa, enquanto ela, tremendo de antecipação, correspondia ao desejo crescente entre eles.

— Você é tudo para mim, Luísa. Nunca pensei que pudesse amar alguém assim, tão profundamente... — continuou

André, com a voz rouca e ligeiramente ofegante. — Desde o momento em que te vi, soube que minha vida nunca mais seria a mesma. Você me mostrou um novo mundo, um mundo onde o amor pode ser mais forte que o medo e as convenções.

— Lentamente, ele ergueu a mão para tocar novamente o rosto dela, seus dedos roçando suavemente a pele quente de Luísa. Era um toque tão leve que parecia mais um sonho do que realidade. Luísa olhou para ele, seus olhos verdes refletindo a luz da lua, e se sentiu completamente entregue. Não havia mais espaço para dúvidas ou hesitações. Tudo o que importava era o momento presente, o calor dos braços dele, o desejo que consumia ambos.

Eles se amaram ali, à luz das estrelas, deixando de lado os medos e a realidade que os esperava ao amanhecer. O amor deles, embora proibido, era tão intenso que parecia queimar como uma chama que não podia ser apagada.

Na manhã seguinte àquela noite intensa e apaixonada, durante o intervalo das aulas de jornalismo, André se encontrou com Guilherme Antunes, Antônio Brito e Carlos Augusto, amigos de turma e, assim como ele, provenientes de famílias abastadas da região, envolvidas na exploração de terras, minério de ferro ou comércio. Entre risos e conversas sobre negócios e política, Carlos mencionou casualmente ter visto André se afastando para além dos limites da igreja em companhia de Luísa durante a festividade do Rosário.

— André, ouvi dizer que você andou se enredando com uma "preta sem vergonha" durante a festa. Será que o filho da casa Costa está finalmente se divertindo com o que a gente chama de uma "aventura quente"? — disse Carlos em tom malicioso, enquanto os demais riram, fazendo André sentir seu sangue ferver.

A maneira como se referiam a Luísa era desrespeitosa e cruel. Eles não viam nela a mulher forte e inteligente que ele amava, mas apenas um objeto de desejo exótico, algo a ser explorado e descartado.

— Ora, André, não me leve a mal! — continuou Carlos. — Todos nós temos nossas... preferências. Só estou dizendo que é bom você se divertir um pouco. Só não vai se apegar demais; essas mulheres são só para momentos de prazer, nada mais.

André, tentando conter a raiva e a repulsa que crescia dentro dele, olhou para os amigos, e, pela primeira vez, percebeu a profunda diferença que os separava. Suas palavras eram carregadas de machismo e racismo, uma visão distorcida que reduzia Luísa a um estereótipo, a algo menos que humano.

— Vocês estão errados — disse André, com firmeza na voz. — Luísa não é só "diversão" e nada lhes autoriza a se referirem a ela dessa forma tão vil. Ela é uma mulher com mais coragem e dignidade do que muitos de nós jamais teremos. E não vou tolerar que falem dela dessa maneira.

Os risos cessaram imediatamente, substituídos por olhares confusos e tensos. Os amigos de André não estavam acostumados a serem desafiados, muito menos por ele, que sempre fora visto como parte do grupo, alguém ponderado que aparentemente compreendia e aceitava as regras da sociedade em que foram criados.

— André, estamos apenas brincando... — interferiu Guilherme, tentando suavizar o tom e os rumos da conversa. — Mas você sabe como é... gente como ela não pode ter lugar ao nosso lado. Não é assim que o mundo funciona.

— Então talvez o mundo precise mudar — retrucou André, encarando todos com firmeza. Levantou-se, afastando-se do grupo, sentindo que um abismo havia se aberto entre ele e seus amigos. Sabia que seu posicionamento poderia ter exposto Luísa, mas não poderia admitir aquele tipo de desrespeito.

Enquanto se afastava, a mente de André fervilhava. Ele compreendia que, ao defender Luísa, estava colocando não apenas sua reputação, mas também o futuro de seu relacionamento com ela em risco. No entanto, sentia uma necessidade irresistível de protegê-la e de lutar por aquilo que acreditava ser justo. Esse sentimento o impelia a seguir em frente, mesmo que o caminho à frente fosse incerto e cheio de desafios.

André sabia que aquela luta não seria fácil. Enfrentar os preconceitos enraizados na sociedade e até mesmo entre aqueles que considerava amigos exigiria coragem e determinação. Mas, mais do que nunca, estava disposto a enfrentar qualquer adversidade para ficar ao lado de Luísa, mesmo que isso significasse desafiar o mundo ao seu redor.

Na pequena choupana onde Luísa morava com sua mãe, Maria da Silva, o clima era de preocupação. Maria, uma mulher forte e experiente que havia visto o mundo mudar ao longo dos anos, sabia que muitas coisas permaneciam as mesmas, especialmente para mulheres como ela e sua filha.

Luísa estava sentada à mesa, seus pensamentos divididos entre a noite intensa com André e o futuro incerto que se desenhava à sua frente. Sua mãe a observava em silêncio, conhecendo bem os sinais de alguém que estava apaixonada.

— Luísa, filha, você sabe que eu sempre quis o melhor para você — disse Maria da Silva com voz cautelosa. — E é por isso que estou preocupada. Tenho visto você sair muito, voltar tarde... E sei que tem alguém em sua vida.

Luísa hesitou, mas sabia que não podia mais esconder a verdade. Respirou fundo antes de responder:

— Sim, mãe. Eu estou vendo alguém. É o André, filho dos Costa, aqueles que são donos das minas além das nossas terras.

Maria ficou em silêncio, absorvendo a informação. Seu coração se apertou ao ouvir o nome, sabendo bem o que isso significava.

— Luísa... — Maria finalmente quebrou o silêncio, sua voz carregada de experiência. — Eu conheço o tipo de vida que esses homens levam. Eles podem jurar que nos amam, e talvez até se convençam disso, mas, no fundo... nós sempre seremos as primeiras a sofrer. Para eles, uma mulher negra não passa de algo... descartável.

As palavras da mãe foram um golpe para Luísa, que, apesar de saber a verdade, não queria acreditar que André pudesse ser assim.

— André é diferente, mãe. Eu sinto... Ele me enxerga, me respeita, me ouve... Ele quer lutar conosco...

— Eu espero que seja verdade, minha filha. Mas quero que você esteja preparada para o que pode vir. Decidir viver isso é perigoso. E no final, quem mais sofre somos nós — disse Maria, com um olhar de tristeza e sabedoria.

Luísa abraçou a mãe, misturando sua dor e medo com os dela. Ela sabia que Maria falava com a voz da experiência, de uma vida cheia de desilusões e lutas. Mas, ao mesmo tempo, Luísa queria acreditar que seu amor por André poderia superar as barreiras que o mundo impunha.

Naquela mesma tarde, André se preparou para enfrentar um desafio. Sabia que, para ganhar a confiança de Maria da Silva e dos que a cercavam, precisava demonstrar mais do que palavras. Seu coração estava firme na convicção de que seu amor por Luísa poderia superar qualquer obstáculo.

Com passos decididos, ele seguiu o caminho de terra que levava à choupana de Luísa. Ao chegar, avistou Maria na entrada; sua expressão era severa, mas calma. Sem dizer uma palavra, ela apenas fez um gesto para que ele entrasse. André, ciente da importância daquele momento, adentrou a casa.

O ambiente era simples, mas acolhedor, com cheiro de comida fresca no ar. O olhar atento de Maria não deixou de seguir cada movimento dele. Quando André se sentou, Maria finalmente falou, sua voz baixa, mas firme:

— Sei quem você é, André Costa. Sei de onde vem e o que sua família representa. Minha filha me contou sobre você, sobre o que sente. Mas palavras não bastam para nos proteger.

André ouviu com respeito, compreendendo a profundidade das palavras dela. Não era apenas um homem qualquer, mas um homem branco, filho de uma família influente, entrando no espaço de uma mulher negra que havia passado a vida inteira lutando contra injustiças.

— Dona Maria, eu entendo suas preocupações. E sei que nada que eu diga agora vai mudar o que você sente. Mas eu quero provar que estou aqui para Luísa, para apoiá-la, amá-la e respeitá-la. Não estou aqui para passar por cima de vocês ou de sua história — respondeu André, sua voz sincera e firme.

Maria o observou, avaliando cada palavra.

— Quero acreditar em você, André. Quero acreditar que você seja diferente, mas minha experiência me ensinou a ser cautelosa. — Maria pausou, olhando fundo nos olhos de André. — Há um lugar que você precisa conhecer. Um lugar que faz parte de quem somos e de onde viemos.

Com essas palavras, Maria se levantou, indicando que André a seguisse. Caminharam pelo terreno até um espaço escondido entre as árvores: o quilombo. O som de risadas e conversas era ouvido antes mesmo que o pequeno vilarejo improvisado fosse avistado.

André ficou surpreso ao ver o quilombo. As pessoas ali viviam com uma serenidade que contrastava com a luta constante que ele sabia que enfrentavam. Foram recebidos com olhares curiosos e desconfiados. Maria, conhecida e respeitada por todos, acenou para alguns enquanto conduzia André até o centro.

— Este é o nosso povo, André. Essas pessoas são a base de tudo o que somos. Aqui, lutamos todos os dias para sobreviver e preservar nossa dignidade — disse Maria, com um orgulho discreto na voz. — Se você quer fazer parte da vida de Luísa, precisa entender e respeitar tudo isso.

André sentiu a força das palavras dela, mas também uma determinação crescente. Ele sabia que, para estar com Luísa, precisava se conectar com sua história, com o que ela era e defendia.

— Eu quero aprender, dona Maria. Quero conhecer e respeitar sua história, seu povo. E quero fazer parte disso, se vocês me permitirem — respondeu André, com sinceridade.

Maria assentiu levemente, mas sua expressão ainda era grave.

— André, eu preciso saber... sua família sabe de Luísa? Eles sabem o que você sente por ela? — Maria perguntou, com preocupação na sua voz. — Porque você pode estar disposto a enfrentar o mundo por ela, mas e eles? Como vão reagir quando descobrirem que o filho deles, o herdeiro das minas, está apaixonado por uma mulher negra, uma mulher do quilombo?

A pergunta pairou no ar, pesada e cheia de implicações. André baixou os olhos, sentindo a realidade dura da situação. Ele sabia que sua família tinha preconceitos, que viviam em um mundo onde casamentos eram arranjados para fortalecer alianças, não para seguir o coração, que as raças não se misturavam.

— Eles ainda não sabem — admitiu André, a voz baixa. — Mas estou preparado para contar. Não vou esconder Luísa. Sei que a reação deles não será fácil, mas estou disposto a enfrentar isso por ela.

Maria da Silva o observou por um longo momento, avaliando a seriedade em seus olhos.

— E se eles não aceitarem? E se eles tentarem afastá-lo dela? — Maria questionou, sua voz agora mais suave, mas carregada de uma dor antiga. — Porque, André, não é só sobre o que você quer. É sobre como você vai reagir quando as coisas ficarem difíceis. Quando seu mundo e o nosso colidirem, você vai lutar por ela? Ou será mais um que a deixará para trás?

As palavras de Maria atingiram André com força. Ele nunca havia considerado a possibilidade de falhar com

Luísa, mas agora, diante de sua mãe, compreendeu o quanto essa possibilidade era real, o quanto era fácil prometer o mundo e depois recuar.

— Eu não vou deixar Luísa, dona Maria. Eu não sei como minha família vai reagir, mas isso não muda o que sinto por sua filha. Estou aqui hoje porque quero mostrar que estou ao lado dela, independente do que possa acontecer. Se eles não aceitarem, será um problema que eu enfrentarei, mas Luísa não estará sozinha nessa luta — respondeu André, sua voz cheia de convicção.

Maria viu a determinação nos olhos dele, mas também o temor. Sabia que aquele jovem estava entrando em um mundo de dor e sacrifício do qual ele ainda não fazia ideia. Mas, por ora, decidiu dar a ele uma chance. Não era fácil confiar, mas Luísa acreditava nele, e isso, por enquanto, era suficiente para Maria.

— Muito bem, André — disse Maria, finalmente, com uma leveza que não havia antes. — Veremos se suas palavras se mantêm verdadeiras quando a realidade bater à sua porta. Por enquanto, você é bem-vindo aqui, mas saiba que os olhos do quilombo estarão sempre sobre você.

André assentiu, ciente da responsabilidade que agora carregava. Sabia que aquela era apenas a primeira de muitas provas que enfrentaria, mas estava disposto a lutar por Luísa, mesmo que isso significasse desafiar o mundo inteiro.

Após a conversa com Maria, André e Luísa refizeram o caminho que haviam percorrido até o local onde se amaram intensamente na noite anterior. A luz nos olhos de Luísa fez André esquecer, por um momento, das preocupações daquele dia.

— O que minha mãe disse? — Luísa perguntou, com um misto de ansiedade e esperança na voz.

André a puxou suavemente para perto, envolvendo-a em seus braços, sentindo o calor e a segurança de seu abraço.

— Ela se preocupa com você, Luísa. Quer saber se estou preparado para enfrentar o que vier — respondeu ele, com um sorriso tranquilo. — E estou. Eu disse a ela que estou disposto a lutar por nós, a enfrentar tudo, porque você é a mulher que eu amo.

Luísa sorriu, e todo o medo que sentia parecia desaparecer. André a observava, encantado pela beleza simples daquele momento. Para ele, Luísa era a personificação de tudo o que havia de bom e puro no mundo. Aproximou-se dela, envolveu-a pela cintura e a girou no ar, fazendo-a rir alto. A risada de Luísa ecoou além das margens do rio, um som de alegria e liberdade.

— E quais são seus sonhos, Luísa? — perguntou André, enquanto a colocava de volta no chão, ainda segurando-a firme.

— Meu maior sonho é ser feliz, André. É viver sem medo, sem me preocupar com o que os outros pensam ou dizem. É amar e ser amada, sem restrições — respondeu

Luísa, seus olhos brilhando com uma intensidade que fez o coração de André bater mais rápido.

— Então, vamos realizar esse sonho juntos — disse ele, segurando o rosto dela entre as mãos. — Aqui, agora, vamos fazer um pacto de amor e felicidade. Nada poderá nos separar, Luísa. Não importa o que o futuro traga.

Ela sorriu, comovida pelas palavras dele, e o beijou com toda a paixão que sentia. O beijo foi um selo de compromisso, uma promessa de que, independentemente dos desafios que enfrentariam, estariam juntos, de mãos dadas.

À medida que a noite começava a cair e as estrelas surgiam uma a uma no céu, Luísa se aninhou no peito de André, sentindo-se segura e amada como nunca antes.

— Sabe, André, acho que nunca me senti tão em paz — confessou ela, com a cabeça apoiada no ombro dele.

— Nem eu — respondeu ele, passando os dedos pelos cabelos dela, desfrutando da suavidade do momento. — Aqui, com você, sinto que posso ser quem realmente sou. Não preciso me esconder, não preciso fingir.

Ficaram ali, em silêncio, apenas desfrutando da companhia um do outro. O mundo parecia ter parado, deixando-os sozinhos na imensidão da noite, e, novamente, amarem-se. Naquele momento, André e Luísa souberam que, não importava o que acontecesse, sempre teriam aquele lugar, aquele instante de amor puro, onde poderiam se refugiar das adversidades da vida.

À medida que as horas passavam e o frio da noite começava a se intensificar, André, percebendo que Luísa tremia levemente, tirou sua jaqueta e a colocou sobre os ombros dela.

— Acho que é hora de voltarmos, meu amor — disse ele, com um sorriso terno. — Mas saiba que, sempre que precisar, voltaremos a este lugar. Será nosso refúgio, onde só existirão amor e felicidade.

Luísa assentiu, com o coração aquecido, não pelo frio da noite, mas pelo amor que sentia por ele. Levantaram-se e, de mãos dadas, começaram a caminhar de volta, sabendo que, apesar dos desafios que poderiam enfrentar, sempre teriam um ao outro.

E assim, terminaram a noite, não com as preocupações do dia, mas com a certeza de que o amor deles poderia superar qualquer barreira. Voltaram para a choupana com a alma leve, prontos para encarar o que o futuro lhes reservava, mas com a lembrança daquele momento mágico para guiá-los.

A reunião da família Costa aos domingos era uma tradição e, naquele dia, a mesa estava mais cheia do que o habitual, com a presença de Patrícia, irmã de André, e seu marido, Roberto. A conversa fluía normalmente, mas André estava inquieto, carregando a tensão do que estava prestes a revelar.

— Ouvi dizer que houve mais confusão em uma de nossas minas esta semana — comentou Irene, com um tom de reprovação, enquanto passava um prato a Pedro. — Esses trabalhadores não sabem se comportar, sempre criando problemas.

Patrícia, sentada ao lado do marido, sorriu com desdém.

— Isso é típico, mãe. Não dá para esperar muito de gente como eles — disse Patrícia, revirando os olhos. — Sempre querendo mais do que merecem.

— Exatamente, Patrícia. Eles só sabem reclamar e criar problemas — acrescentou Roberto, cortando a carne no prato. — Essa gente nunca vai mudar.

André sentiu o desconforto crescer dentro de si. Sabia que precisava falar, mas as palavras dos familiares tornavam tudo ainda mais difícil.

— Mãe, Patrícia, Roberto... — André começou, a voz tensa, mas decidida. — Acho que vocês estão sendo injustos. As condições de vida deles são muito difíceis. Talvez, se houvesse mais respeito e dignidade no trabalho, essas coisas não aconteceriam.

Irene lançou um olhar surpreso para o filho, não esperava ser contestada em um assunto como aquele, especialmente por André.

— Respeito? — Irene respondeu, com uma risada amarga. — André, meu filho, você é muito ingênuo. Essas pessoas são diferentes de nós. Não importa o quanto tentemos ajudá-los, no final, sempre voltam ao que são. É da natureza deles.

— Eu concordo, mãe — Patrícia acrescentou, balançando a cabeça. — E você, André, precisa entender que essas pessoas não são como nós. Não adianta tentar salvá-los.

Pedro, até então alheio à discussão, percebeu o tom sério que a conversa estava tomando e ergueu os olhos do prato, curioso e um pouco preocupado com a direção que aquilo estava tomando.

— Mãe, preciso te contar algo — disse André, sentindo a tensão aumentar a cada palavra. — Estou namorando uma dessas pessoas de quem vocês falam com tanto desprezo. O nome dela é Luísa, e eu a amo. Ela é uma mulher do quilombo, uma mulher negra, mãe.

O silêncio na sala de jantar foi instantâneo. Irene ficou pálida, e a faca que segurava escorregou de sua mão, caindo com um ruído seco sobre a mesa. Patrícia e Roberto se entreolharam, incrédulos, enquanto Pedro olhava para o filho com uma expressão de surpresa e preocupação.

— Como é? — Irene finalmente murmurou, a voz fria e cheia de incredulidade. — O que você está dizendo, André?

— Estou dizendo que amo uma mulher que não se encaixa nas suas expectativas — repetiu André, tentando manter a voz firme. — E estou com ela, independentemente do que vocês pensem.

Patrícia foi a primeira a reagir, soltando uma risada sarcástica.

— Você só pode estar brincando, André! — exclamou ela. — Uma preta? Isso é uma piada de mau gosto, não é?

— Não, Patrícia, não é uma piada — respondeu André. A paciência começando a se esgotar. — Eu a amo, e é sério.

Roberto, que até então estava em silêncio, decidiu se manifestar.

— André, você tem ideia do que isso significa? — perguntou ele, a voz grave. — Você está manchando o nome da família Costa! Como pode se envolver com alguém assim? Não há futuro nisso.

— Exato, Roberto! — Irene explodiu, sua raiva agora transbordando. — Isso é uma desgraça para nossa família! Eu nunca vou aceitar essa mulher em nossa casa!

Pedro, mantendo-se neutro, apenas observou o filho e a esposa, entendendo que aquela era uma batalha que André teria que enfrentar sozinho.

— Irene, Patrícia, Roberto... talvez devêssemos dar um tempo para pensar nisso com calma — Pedro sugeriu, tentando suavizar a situação. — André parece estar certo de seus sentimentos, e talvez seja melhor ouvir o que ele tem a dizer.

— Não há o que ouvir, Pedro! — Irene o cortou bruscamente. — Se André insistir nisso, ele não será mais parte desta família! — Irene apontou o dedo para André, sua voz fria e ameaçadora. — Você será considerado um bastardo, André! Estará deserdado, sem direito a nada do que temos. Prefere viver como um bastardo, ao lado dessa qualquer, do que manter sua honra e a de nossa família?

As palavras da mãe o atingiram em cheio, mas André não recuou. Ele se levantou da mesa, lançando um último olhar para Pedro, que o encarou com uma expressão neutra, mas compreensiva.

— Entendo a posição de vocês, mas meu caminho está traçado. Se isso significa ser considerado um bastardo, então que seja — disse André, antes de sair da sala, deixando Irene furiosa, Patrícia e Roberto indignados, e Pedro em silêncio, refletindo sobre a tempestade que agora pairava sobre a família.

Com o sentimento de desamparo e a determinação de proteger Luísa, André deixou a casa, sabendo que a batalha estava apenas começando e que ele precisava estar pronto para enfrentar o que viesse a seguir.

O sol estava se pondo quando André chegou ao seu pequeno refúgio, um lugar onde ele e Luísa costumavam encontrar paz e privacidade. A luz dourada do crepúsculo se infiltrava através das árvores, lançando um brilho suave sobre o cenário, mas a tensão no rosto de André era evidente, contrastando com a serenidade do ambiente. Luísa o esperava com ansiedade, notando imediatamente o fardo que ele carregava.

— André, você está bem? — perguntou Luísa, sua voz carregada de preocupação. Ela avançou para ele, o coração apertado ao ver seu olhar cansado e desolado.

— Não, Luísa. A conversa com minha família foi horrível — respondeu André, sua voz cheia de frustração e exaustão. — Quando contei sobre nós, minha mãe ficou furiosa.

Minha irmã e cunhado também foram completamente desrespeitosos.

Luísa tomou a mão de André nas suas, oferecendo um apoio silencioso enquanto seus olhos transmitiam um encorajamento firme.

— O que exatamente aconteceu?

André suspirou, buscando as palavras certas para expressar o turbilhão de emoções.

— Minha mãe me disse que nosso relacionamento é inaceitável. Ela está disposta a fazer qualquer coisa para nos separar. E pelo que conheço dela, não foram só palavras. Ela e o resto da família ficaram visivelmente incomodados e hostis. Minha irmã e cunhado foram ainda mais cruéis, fazendo comentários racistas e desprezíveis.

O rosto de Luísa endureceu com a gravidade da situação, e ela apertou a mão de André com determinação.

— Eu imaginava que seria difícil... O que você pretende fazer?

André olhou para Luísa com tristeza, ciente do fardo das responsabilidades que estava carregando.

— Eu quero lutar por nós, mas não sei como enfrentar a pressão da minha família e o que eles podem fazer. Eu só quero te proteger de tudo isso...

Luísa respirou fundo, e sua determinação crescendo a cada segundo.

— Vamos enfrentar isso juntos. Não solte a minha mão, e eu prometo que não soltarei a sua. Não vamos deixar que o medo nos vença. Vamos proteger o que temos e lutar pelo que é certo.

André a abraçou, sentindo uma onda de conforto e força emergir do toque dela. O calor do abraço parecia dissipar parte da tensão que ele carregava.

— Eu preciso de você, Luísa. Você é meu combustível... Com você ao meu lado, sinto que podemos enfrentar qualquer desafio.

Eles ficaram ali por um momento, abraçados sob o céu em mudança, encontrando conforto e força um no outro. Com a resolução firmada em seus corações, estavam prontos para enfrentar o que viesse a seguir, fortalecidos pelo amor e pela determinação de lutar pelo que acreditavam.

CAPÍTULO 3
A ESCALADA

Os dias que se seguiram àquela conversa no refúgio foram preenchidos com encontros frequentes e momentos de intensa cumplicidade entre André e Luísa. Sempre que podiam, encontravam-se, buscando abrigo um no outro, como se cada instante juntos fosse um tesouro a ser protegido. A tensão que havia marcado a conversa com a família Costa parecia se dissipar, substituída por uma breve ilusão de paz.

Durante essa semana, André se distanciou ainda mais de sua família, apesar de morar sob o mesmo teto. Ele evitava conversas prolongadas e se isolava sempre que podia, preferindo passar o tempo com Luísa e fugindo das constantes insinuações e olhares de reprovação que sua mãe, Irene, lançava sobre ele. André se dedicava inteiramente aos estudos e ao tempo com Luísa. Os dias pareciam passar em um ritmo diferente, como se estivessem em uma bolha na qual só existia o amor que compartilhavam.

Luísa, por sua vez, sentia-se cada vez mais fortalecida pela presença de André. Eles riam, faziam planos, e em seus momentos de intimidade, parecia que nada poderia abalar o que estavam construindo juntos. As preocupações que antes pesavam em seus ombros foram momentaneamente postas de lado, substituídas por uma esperança cautelosa de que, talvez, pudessem encontrar uma forma de viver em paz.

No entanto, essa sensação de tranquilidade foi interrompida quando, no final da semana, André foi surpreendido por uma conversa inesperada com sua mãe. Irene o abordou em casa, pouco antes de ele sair para mais um encontro com Luísa.

— André — começou Irene, com uma voz fria e direta, sem o habitual tom doce que ela usava para manipular. — Não podemos continuar com essa situação indefinidamente. Eu pensei no que você me disse e decidi que quero conhecer... Bom, quero conhecer essa moça com quem você está saindo. — O tom dela era intransigente, deixando claro que não era uma simples sugestão. — Nós vamos ter um jantar em família e ela será nossa convidada. Você pode organizar isso?

A franqueza de Irene era desconcertante, e André sentiu que não havia espaço para recusa. Ele sabia que sua mãe não era alguém que mudava de opinião facilmente, e esse convite, por mais que não viesse envolto em doçura, parecia ser uma tentativa de controle disfarçada de civilidade.

Com um leve receio, mas mantendo a esperança de que as coisas pudessem, de alguma forma, se ajustar, André concordou.

— Tudo bem, mãe. Vou falar com Luísa.

— Ótimo — Irene respondeu secamente, com um olhar que deixava claro que ela estava no comando da situação. — O jantar será no próximo sábado. Sua irmã e cunhado também estarão presentes.

O coração de André gelou ao ouvir isso. O ambiente já seria tenso o suficiente com apenas Irene e Pedro, mas agora também incluiria sua irmã Patrícia e o cunhado Roberto, conhecidos por suas opiniões rígidas e comentários preconceituosos.

Quando Irene saiu, André permaneceu parado por um momento, tentando processar o que acabara de acontecer. A ideia do jantar o deixava inquieto, mas ele sabia que era um passo que precisava ser dado. No fundo, desejava que o encontro pudesse ser o início de uma nova fase, onde as tensões começariam a se dissipar. Embora soubesse que sua mãe era capaz de qualquer coisa, ele ainda mantinha a esperança de que aquilo pudesse ser um gesto genuíno.

André sabia que precisava conversar com Luísa sobre isso, e com o coração dividido entre esperança e receio, ele foi ao seu encontro, preparado para enfrentar juntos o que estivesse por vir.

Quando André chegou à casa de Luísa, foi recebido por Maria, que, com um olhar firme, apenas fez o gesto costumeiro para que ele entrasse.

— Boa noite, dona Maria — disse André, tentando manter a calma.

— Boa noite, André — respondeu Maria da Silva, acenando com a cabeça. — Luísa está esperando por você no terreiro. Ela parece ansiosa para conversar.

André seguiu para o jardim, onde encontrou Luísa sentada em um banco de madeira, os olhos fixos em uma pequena mesa decorada com velas e flores. O ambiente estava tranquilo, mas a preocupação no rosto de Luísa era evidente.

— Oi, meu amor. — Ela se levantou ao vê-lo, tentando forçar um sorriso que não conseguia esconder a apreensão.

— Oi, amor. — André se sentou ao lado dela, tomando sua mão em um gesto de conforto.

— Então, o que você decidiu? — perguntou Luísa, sua voz carregada de tensão.

André suspirou, olhando para o céu estrelado como se buscasse respostas ali.

— Conversei com minha mãe. Ela não está disposta a recuar. Quer que você vá a um jantar em família no sábado. Todos estarão lá: meus pais, Patrícia e Roberto.

A expressão de Luísa ficou ainda mais grave.

— Eu imaginava que ela não facilitaria, mas agora que temos uma data e um local definidos, o que faremos?

— Eu sei que é complicado, mas acho que precisamos enfrentar isso. — André apertou a mão de Luísa. — Não temos garantias de que será um bom encontro, mas se quisermos ter alguma chance de mostrar que nosso relacionamento é sério e que estamos comprometidos, precisamos ir.

A mãe de Luísa, que havia se aproximado discretamente, ouviu parte da conversa e se juntou a eles no jardim, seu semblante carregado de preocupação.

— Minha filha, eu entendo a dificuldade da situação — disse Maria, olhando para a filha com ternura. — E eu sei que o ambiente na casa de André não é o mais acolhedor. Mas saiba que você tem meu total apoio. Esteja preparada para qualquer situação, e estarei aqui para ajudá-la no que for preciso.

— Obrigada, mãe — Luísa disse, visivelmente aliviada pelo apoio da mãe. — Isso significa muito para mim.

André também agradeceu a Maria.

— Eu aprecio muito seu apoio, dona Maria. Sei que isso não é fácil para ninguém, mas sua presença e compreensão fazem toda a diferença.

A noite avançava, e o casal optou por momentaneamente esquecer o mundo lá fora e apenas viver o presente. O ambiente ao redor, com o som suave das folhas, e a luz das velas, oferecia um contraste reconfortante com a tensão que pairava sobre eles, ainda que dissipada pelos carinhos trocados pelo casal.

A noite terminou com um sentimento de solidariedade e esperança, enquanto cada um deles se preparava para enfrentar o que seria um passo importante para o futuro de André e Luísa.

O sábado chegou com uma tensão notável na casa dos Costa. A preparação para o jantar em família foi meticulosa: a mesa estava impecavelmente posta com toalha de linho branco, pratos de porcelana fina e talheres de prata reluzentes. Candelabros elegantes lançavam uma luz suave, criando um cenário de sofisticação e opulência que contrastava fortemente com a simplicidade da choupana onde Luísa vivia.

Quando Luísa e André chegaram, foram recebidos por um cenário que a jovem não estava acostumada a ver. A sala da casa dos Costa era decorada com móveis clássicos de notável qualidade e obras de arte caras, um mundo distante da rusticidade da choupana. Luísa sentiu-se deslocada, e sua apreensão aumentou com a perspectiva do que estava por vir.

Luísa apertou a mão de André e adentrou a sala de jantar. Irene, Patrícia e Roberto estavam à mesa, com expressões que variavam entre curiosidade e desaprovação disfarçada. André fez as apresentações, tentando manter a calma.

— Esta é Luísa — disse André, sua voz um pouco tensa. — Luísa, estes são meus pais, Pedro e Irene, e minha irmã Patrícia e seu marido, Roberto.

Os olhares foram avaliadores. Irene, com seu olhar penetrante, estudou Luísa com um ar de crítica contida. Pedro parecia mais reservado, observando com uma mistura de interesse e desconforto. Patrícia e Roberto trocaram olhares de reprovação, claramente desconfortáveis com a presença de Luísa.

— Boa noite a todos — disse Luísa, tentando soar natural apesar do nervosismo. Sua voz parecia ecoar na grande sala, contrastando com a opulência ao redor.

— Boa noite — respondeu Irene, sua voz controlada e fria. — Sinta-se à vontade. Vamos começar o jantar.

O grupo se sentou à mesa. A refeição foi servida com precisão, e Luísa observou com fascínio e um certo desconforto a maneira como a comida era apresentada e o protocolo a ser seguido. Cada prato parecia uma obra de arte, e um garçom de aparência refinada servia os pratos com uma precisão quase cerimonial.

Luísa tentou se integrar, mas os pequenos detalhes do jantar — o uso dos talheres para cada prato, os diferentes tipos de vinho e o ritual de servir cada prato — eram uma novidade para ela. Enquanto tentava acompanhar, notava os olhares discretos e os sussurros trocados entre Patrícia e Roberto, claramente impactados pela presença de alguém tão diferente do que estavam acostumados.

A tensão no ar era concreta. A cada tentativa de Luísa de participar da conversa ou de usar os talheres de forma adequada, ela sentia a crítica invisível que parecia pesar sobre seus ombros. Irene, em particular, não fazia esforço para esconder sua desaprovação, ocasionalmente lançando olhares de desdém para Luísa. Pedro, embora mais reservado, não conseguia disfarçar completamente seu desconforto.

Durante uma pausa na refeição, Patrícia, com um sorriso forçado, fez um comentário que fez com que Luísa sentisse a gravidade da diferença entre suas realidades.

— Então, Luísa, como é viver em uma choupana? Deve ser bem diferente deste ambiente, não é?

O comentário parecia inofensivo, mas o tom condescendente deixou claro que Patrícia estava tentando destacar a disparidade social. Luísa respirou fundo, tentando manter a compostura.

— Sim, é um estilo de vida diferente, mas é muito gratificante à sua própria maneira. A simplicidade nos ensina a valorizar o que realmente importa.

O silêncio que se seguiu foi pesado, e Luísa percebeu que suas palavras não haviam alcançado os corações da família de André. Irene, percebendo o desconforto crescente, tentou mudar de assunto, mas a tensão já estava instalada.

Enquanto o jantar avançava, a diferença entre os mundos se tornava cada vez mais evidente. Luísa se sentia um peixe fora d'água, e a frieza da família de André apenas reforçava a sensação de isolamento. A noite parecia se arrastar, e cada minuto passado na opulência da casa dos Costa era um lembrete do abismo que separava suas realidades.

Após o jantar, Irene sugeriu que todos se retirassem para o salão de estar para um café e sobremesas, enquanto ela e Luísa permanecessem na sala de jantar por um momento. André, vigilante, mas acreditando que era uma oportunidade para Luísa e Irene se conhecerem melhor, foi com os outros para o salão, deixando Luísa e Irene a sós.

Assim que André se afastou, Irene rapidamente mudou sua expressão, até então neutra, para algo mais sombrio e ameaçador.

— Luísa, aproveito este momento para conversar com você sem distrações — começou Irene, seu sorriso amigável desaparecendo. — Agradeço sua compreensão em estar aqui e admiro sua coragem, mas há algo que precisamos discutir.

Luísa olhou para Irene com um olhar de apreensão.

— O que é, sra. Costa?

Irene se inclinou para frente, seu tom de voz frio e calculista.

— Eu queria garantir que você realmente entenda o que está em jogo para você. Eu quero que saiba que apurei que há um grande interesse nas terras do quilombo por parte dos Costa há algum tempo, e, se você continuar com André, isso pode ter sérias consequências.

Luísa franziu a testa, percebendo a ameaça implícita.

— O que exatamente está sugerindo?

Irene sorriu com um toque de malícia.

— Se você realmente deseja continuar com meu filho, sugiro que considere as implicações. Minha família tem a capacidade de influenciar a exploração dessas terras. Se você não colaborar e recuar, posso garantir que a exploração dessas terras seja acelerada. E você sabe o quanto isso pode prejudicar sua comunidade.

Luísa sentiu um frio na espinha e uma sensação de impotência a consumiu, ficando completamente sem reação, enquanto Irene rapidamente continuava.

— Espero que esteja preparada para as consequências. Se você continuar com André, eu farei o que for necessário para garantir que não só você, mas toda sua comunidade, sofra as repercussões. — Irene finalizou o diálogo ao perceber a reaproximação de André.

Quando André voltou para a sala de jantar, ele não percebeu o que havia ocorrido. Luísa estava visivelmente perturbada, mas não mencionou nada sobre a conversa com Irene. André a abraçou com um olhar preocupado, tentando manter a calma e esperando que a noite terminasse sem mais complicações.

Ao final das sobremesas, Luísa e André se levantaram para se despedir. Embora houvesse um esforço de cordialidade da parte de Irene, os acontecimentos haviam deixado claro que a aceitação plena de Luísa jamais seria tolerada naquela família.

— Obrigada pelo jantar — disse Luísa, exausta e amedrontada. — Agradeço a disponibilidade em me receber.

— O prazer foi nosso — respondeu Irene com um sorriso formal, seus olhos frios e calculistas. — Espero que possamos nos conhecer melhor em outras ocasiões.

Irene assistiu enquanto Luísa deixava a casa, seu olhar calculista refletindo a satisfação de saber que sua manipulação estava em andamento. Ela sabia que sua estratégia estava apenas começando e que o verdadeiro teste ainda estava por vir.

Não demorou muito para que a notícia do crescente interesse da família Costa nas terras do quilombo se espalhasse pela cidade. A revelação logo se tornou um dos principais tópicos nas conversas da cidade e nas reuniões sociais, e a pressão sobre André e Luísa aumentou significativamente.

A imprensa local cobria extensivamente o assunto, destacando o desejo de exploração e construção em nome do progresso nas terras protegidas historicamente e a ameaça de despossessão que pairava sobre a comunidade quilombola. A influência de uma das famílias mineiras mais tradicionais exacerbava o medo e a tensão na comunidade, gerando um tumulto crescente.

Nas semanas seguintes, a vida de André e Luísa se transformou em uma batalha constante. Ambos carregavam um profundo sentimento de culpa, e o fardo das consequências se tornava cada vez mais difícil de suportar. Eles lutavam para se manter unidos, acreditando que apenas a força de seu vínculo poderia amenizar a angústia que enfrentavam. André se isolou quase completamente de sua família após uma acalorada discussão com seu pai, facilmente manipulável por sua mãe. Luísa, consumida pela culpa e pelo medo, esforçava-se para manter o relacionamento vivo, mas a tristeza frequentemente a afundava. A ameaça à comunidade quilombola era uma constante sombra, e Luísa sentia a gravidade de suas escolhas de maneira esmagadora.

— Não é justo que vocês, e sua família, tenham que sofrer por causa de nosso amor — disse André, a voz carregada de desespero. — Não consigo suportar a ideia de que minha escolha está causando tanto sofrimento para a comunidade que você ama.

Luísa observou a angústia em seu olhar, seu coração apertando-se. Sentia a dor dele, mas também estava consumida pela própria culpa e medo.

— Eu também tenho essa sensação... A situação está fora de controle e sinto que estou causando um sofrimento imenso aos meus... Sinto que eles podem pagar um preço por uma escolha que não é deles... Foi minha... — Luísa disse, as lágrimas escorrendo livremente. — Eu não gostaria que fosse assim que vivêssemos nosso amor, em um cenário de constante tormenta e medo. Sinto que nossa relação está destruindo tudo o que amamos e acreditamos.

André carinhosamente enxugou as lágrimas de Luísa e disse:

— Nós sabíamos que isso não seria fácil. Não podemos deixar que a culpa nos separe. É tudo que eles mais desejam com isso... O que importa é que lutemos juntos. O amor que sentimos não deve ser uma condenação para ninguém.

Luísa fixou o olhar em André, reconhecendo a força e a determinação que ele transmitia. Queria acreditar nas palavras dele, mas a pressão externa e a ameaça de separação da comunidade a atormentavam. As palavras de sua mãe, proferidas quando Luísa revelou seu relacionamento com André, ecoavam incessantemente em sua mente: "*Eu conheço o tipo de vida que esses homens levam. Eles podem nos dizer que nos amam e até acreditar nisso, mas, no fundo, somos sempre as primeiras a sofrer*".

Luísa fechou os olhos, a dor visível em seu rosto. Queria acreditar nas promessas de André, mas a pressão estava se tornando insuportável.

— Eu sinto como se estivesse colocando todos em perigo, e não sei se consigo continuar assim.

André apertou as mãos de Luísa, tentando transmitir toda a força e coragem que sentia.

— Como prometemos... Nós enfrentamos isso juntos. Não podemos desistir agora. A verdadeira força não está apenas em permanecer juntos, mas em lutar pelo que acreditamos. Se o nosso amor é o que temos de mais precioso, então devemos lutar para proteger isso e enfrentar as adversidades.

André a beijou, um beijo carregado de dor e esperança. A noite foi marcada por beijos carinhosos e um silêncio repleto de angústia, mas também de determinação, na esperança de encontrar um caminho para lidar com a situação.

CAPÍTULO 4
O PESO DAS DECISÕES

A noite havia caído sobre o quilombo, mas o centro comunitário estava iluminado por lamparinas e tochas, lançando sombras dançantes nas paredes de barro. Normalmente sereno, o lugar estava lotado com a presença de homens e mulheres de todas as idades, todos cientes da gravidade da situação. O ar estava pesado, carregado de ansiedade e determinação. As vozes se entrelaçavam em um murmúrio de preocupação, até que Maria da Silva se levantou, erguendo as mãos e pedindo silêncio.

— Companheiros, estamos aqui em um momento que pode definir o futuro de nossa comunidade — disse Maria, sua voz firme, mas cheia de emoção. — Este quilombo não é apenas terra; é nossa história, nosso refúgio, nosso lar. Aqui, nossos antepassados encontraram liberdade e construíram um legado que chegou até nós. Não vamos permitir que esse legado seja destruído.

Os olhares dos presentes se voltaram para Maria da Silva com respeito e expectativa. Ela era uma líder, mas também uma guardiã das tradições e do espírito de resistência que sustentava o quilombo. As terras eram sagradas, um símbolo de luta e resiliência para aqueles que, por gerações, haviam sofrido, mas nunca desistido. Laura, uma moradora local, manifestou-se com emoção:

— Essas terras foram conquistadas com muita luta. Aqui, ensinamos nossos filhos a respeitar nossas raízes e a valorizar nossa liberdade. Não podemos deixar que eles tomem isso de nós!

— Exatamente — respondeu Maria, assentindo. — E é por isso que devemos ser estratégicos. Não podemos agir apenas com o coração; precisamos usar a cabeça também. Eles querem que percamos a calma, que façamos algo que possam usar contra nós. Mas não vamos dar esse gosto a eles. Vamos lutar com inteligência e coragem.

Enquanto falava, o olhar de Maria encontrou o de Luísa, que estava ao fundo, observando em silêncio. A preocupação em seu coração era real. Luísa, sua filha, estava no centro de tudo isso. O relacionamento dela com André, um homem da família que representava a ameaça, era uma espada de dois gumes. Maria sabia que Luísa estava dividida entre o amor que sentia e o dever para com a comunidade.

— E não podemos esquecer que essa luta não é apenas pelas terras, mas pelas pessoas que amamos. Luísa, minha filha, eu sei o quanto você está sofrendo com tudo isso. Sei que você ama André, mas também sei que você entende o que está em jogo aqui — disse Maria, com a voz suavizando ao olhar para Luísa.

Luísa abaixou a cabeça. Ela estava presa entre dois mundos — o amor por André e a lealdade ao quilombo. A culpa a consumia, pois sabia que seu relacionamento estava causando dor e incerteza à sua comunidade.

— Luísa, todos nós sabemos o quanto você tem se sacrificado. Mas precisamos de você forte, agora mais do que nunca — disse Carlos, um jovem moreno forte e vizinho da família de Luísa, com quem ela tinha crescido.

— É isso mesmo, Carlos. Juntos somos mais fortes.

— A força do nosso povo corre nas suas veias, Luísa. Use essa força para nos ajudar a proteger tudo o que é nosso — afirmou Maria, trazendo um novo ânimo à reunião.

O senso de urgência se mesclava à determinação renovada. Eles sabiam que não estavam apenas defendendo a terra, mas todo um modo de vida, uma herança que carregava séculos de história e luta por liberdade.

— Então, vamos nos preparar... — disse Maria, voltando-se para todos. — Vamos organizar manifestações que farão o mundo saber que estamos aqui e que não vamos recuar. Vamos garantir que as fronteiras do quilombo estejam seguras e buscar apoio onde quer que possamos encontrar.

— Estamos com você, dona Maria. Não importa o que aconteça, vamos lutar juntos.

A reunião foi encerrada com um plano de ação claro: protestos pacíficos, mas impactantes, a defesa física das terras e a busca por apoio jurídico e político. Maria da Silva reconhecia sua responsabilidade, mas também sabia que a união da comunidade era sua maior força. Enquanto todos se dispersavam, Luísa permaneceu ao lado da mãe. Maria a abraçou com força, sentindo a fragilidade e a força da jovem em seus braços.

— Eu sei que você o ama, minha filha. Mas lembre-se sempre do que é realmente importante. Vamos superar isso, juntas — disse Maria.

Luísa assentiu, as lágrimas escorrendo silenciosamente por seu rosto. Ela sabia que sua luta era mais do que pessoal; era a luta de todo o seu povo, e não poderia prejudicá-los. Com isso, encontrou forças para continuar, mesmo que o caminho à frente fosse repleto de desafios e sacrifícios.

Luísa caminhava pelas ruas sinuosas de Ouro Preto em direção à casa de André. Seus passos eram lentos, cada um carregando a dor e a angústia da decisão que estava prestes a tomar: o fim de um relacionamento que, apesar de intenso e verdadeiro, estava arrastando-os para lados opostos de uma batalha prestes a explodir.

Quando finalmente chegou à casa dos Costa, Luísa hesitou. As paredes da grande casa pareciam mais imponentes do que nunca, prontas para engolir o amor que ela e André compartilhavam. Ela respirou fundo, tentando encontrar forças para seguir em frente.

André abriu a porta, seu sorriso se desfez ao ver a expressão sombria de Luísa. Ele a puxou para dentro, segurando-a com firmeza.

— O que houve, meu amor? — perguntou ele, preocupado.

Luísa, pela primeira vez, viu-se fugindo do olhar de André, sentindo as lágrimas ameaçando brotar. Como poderia dizer a ele que estava ali para terminar tudo? Que, por mais que o amasse, não poderia mais continuar com algo que poderia destruir tudo o que sua comunidade havia construído?

— André, nós... precisamos conversar — começou ela, a voz trêmula.

André, sentindo a gravidade do momento, guiou-a até seu quarto, longe dos ouvidos curiosos de qualquer membro desavisado de sua família. Lá, Luísa tentou encontrar as palavras, mas todas pareciam inadequadas para expressar a dor que sentia.

— Eu... eu não sei como dizer isso, mas acho que precisamos terminar, André. O que está acontecendo entre nossas famílias... o conflito iminente... estamos em lados opostos dessa disputa. Não é justo, nem com você, nem com o meu povo. — As palavras saíam com dificuldade.

André sentiu um golpe no coração. Ele sabia que as coisas estavam difíceis, mas nunca imaginou que Luísa cogitasse o fim. Com um gesto rápido, ele a puxou para perto, seus lábios encontrando os dela em um beijo desesperado. Luísa tentou resistir, mas a intensidade do sentimento era avassaladora.

— Eu não posso te perder, Luísa — murmurou André contra seus lábios. — Não importa o que esteja acontecendo lá fora, nós... somos mais fortes do que isso. Eu te amo, e nada vai mudar isso.

Luísa sentiu suas defesas desmoronarem. O amor que ela sentia por André era profundo, e naquele momento, toda a lógica e razão que a trouxeram até ali desapareceram. Eles se entregaram ao desejo que os consumia, um amor proibido que se tornava ainda mais intenso diante da iminente separação.

As mãos de André exploraram o corpo de Luísa com uma mistura de suavidade e firmeza, como se quisesse memorizar cada curva, cada linha. Ele a deitou na cama, seus corpos se entrelaçando em um movimento perfeito, como se fossem feitos um para o outro.

Luísa se entregou completamente, sentindo o calor de André, o som de sua respiração acelerada e o batimento forte de seu coração contra o dela. Aquele era o lugar onde ela se sentia mais segura, mais amada, e naquele momento, todos os problemas do mundo pareciam desaparecer. O tempo parecia parar enquanto eles se amavam, como se nada mais importasse além do amor que compartilhavam.

Os lençóis se enroscavam ao redor de seus corpos enquanto eles se moviam em uma dança íntima, cada toque e suspiro construindo um momento de pura entrega e conexão. André murmurava palavras de amor contra a pele de Luísa, cada palavra afundando em seu coração, preenchendo-a com uma sensação de pertencimento e completude.

Quando finalmente se deitaram lado a lado, exaustos e satisfeitos, Luísa sentiu uma paz que há muito não experimentava. Ela se aninhou no peito de André, ouvindo o ritmo lento de sua respiração e sentindo o calor de seu corpo ao redor dela. Por um momento, ela permitiu que todas as preocupações e medos se dissipassem, focando apenas na sensação de estar nos braços do homem que amava.

Mas a realidade era implacável. No auge daquele momento quase mágico, a porta do quarto foi aberta bruscamente, revelando Irene com uma expressão de puro ódio. O sangue dela ferveu ao ver o filho, herdeiro dos Costa, em um ato tão íntimo com Luísa, uma mulher que ela desprezava e que representava tudo o que ela não queria para sua família.

— Como você ousa?! — A voz de Irene era um sussurro mortal, carregado de veneno. O choque inicial deu lugar a uma fúria incontrolável. — André, saia já daí! Agora!

André, ainda ofegante e tentando processar o que acabara de acontecer, olhou para a mãe com uma mistura de culpa e desafio. Mas era tarde demais. Irene já estava furiosa, e o que viu apenas fortaleceu sua determinação de acabar com aquele relacionamento de uma vez por todas.

Luísa, agora consciente do que havia acontecido, sentiu o medo gelar suas veias. Irene não iria parar até destruir o que eles tinham, e agora, o que era um conflito anunciado se tornaria uma guerra pessoal. O olhar de ódio de Irene deixou claro que ela usaria todas as suas forças e recursos para separar os dois e proteger a honra da família Costa.

André, ainda em choque, tentou se recompor e enfrentar a mãe. Luísa, com as lágrimas começando a escorrer novamente, levantou-se rapidamente e se vestiu. O pânico e a vergonha estavam estampados em seu rosto. Ela sentia que sua vida estava desmoronando diante dela, e a última coisa que queria era ser a causa de mais sofrimento para André.

— Eu vou embora — disse Luísa, sua voz quebrada. — Não quero mais causar problemas para você ou para sua família.

André tentou impedir Luísa, mas Irene o empurrou para longe. A dor e a frustração eram evidentes em seu rosto, e ele sabia que não havia mais nada que pudesse fazer no momento, tentou até argumentar, mas Irene não queria ouvir. A cena que testemunhara alimentou sua fúria, e ela estava decidida a usar todos os meios para acabar com aquilo. Luísa agora não era apenas uma ameaça à honra da família, mas alguém a ser alvejada. E Irene faria o que fosse necessário para garantir que seu filho não caísse na armadilha daquele amor proibido.

CAPÍTULO 5
A EXPLOSÃO

Os protestos, que começaram de maneira tímida, agora tomavam as ruas de Ouro Preto com uma força avassaladora. O centro histórico da cidade se transformara em um verdadeiro palco de resistência. As vozes dos trabalhadores das minas e dos moradores do quilombo ecoavam pelas ruas de pedra, exigindo justiça e proteção para suas terras. Bandeiras tremulavam ao vento, e faixas denunciavam a ganância das famílias poderosas, como os Costa, que estavam dispostas a destruir tudo em busca de riquezas.

No escritório da mansão dos Costa, o clima era de preocupação e tensão. A grande mesa de mogno, normalmente símbolo de poder e riqueza, estava abarrotada de documentos e relatórios que refletiam a queda nas operações das minas. Pedro, com o rosto severo, passava os olhos por cada página, sentindo cada prejuízo anotado. Ao lado dele, Irene mantinha a compostura, mas seus olhos revelavam a frustração e a raiva crescente.

As minas, que antes operavam sem interrupções, agora estavam sendo alvo de bloqueios e protestos. Trabalhadores começaram a se recusar a descer nas galerias, alegando que as condições não eram seguras e que suas terras e vidas estavam em jogo. As exportações de minério começaram a atrasar, os lucros despencaram, e os parceiros comerciais internacionais começaram a demonstrar preocupação.

— Precisamos agir com rapidez. A situação está saindo do controle e as paralisações nas minas estão afetando gravemente nossos lucros e nossa reputação — disse Pedro, batendo com o punho na mesa de mogno. — Esses protestos precisam ser contidos de uma vez por todas.

— Concordo. E não podemos deixar que isso se estenda ainda mais. Precisamos dar um exemplo — completou Irene, com um tom decidido.

Enquanto a conversa se desenrolava, o barulho das ruas parecia aumentar. O som das vozes, dos tambores e das bandeiras estava se tornando ensurdecedor. O clima de revolta e tensão estava tão presente que se podia sentir na pele.

De repente, um estrondo violento sacudiu a cidade. As janelas da mansão tremeram com o impacto, e uma nuvem de poeira e escuridão se espalhou pelo ar. O som da explosão foi seguido por um rugido distante, como se o próprio chão estivesse se revoltando.

Pedro, Irene e Roberto correram até a janela, seus rostos pálidos e atônitos. Do lado de fora, uma coluna de fumaça escura se erguia do local das minas. O fogo e as chamas estavam visíveis à distância, e um cheiro de pólvora e ferro se espalhou pelo ar.

— O que foi isso? — perguntou Pedro, sua voz carregada de choque e incredulidade.

— As minas... — Irene sussurrou, seu olhar fixando-se na cena caótica lá fora. — Isso é o que eu temia.

André, que havia acabado de chegar, olhou para a cena com um misto de horror e desespero. Ele havia se mantido afastado dos negócios de seus pais, mas a realidade do desastre o atingia com uma força brutal.

— Eu tenho que ir ver o que aconteceu! — exclamou André, tentando se dirigir para fora.

— Não, você não pode ir agora! — gritou Irene. — Isso é exatamente o que eles querem, criar um caos para que possamos ser responsabilizados. Precisamos lidar com isso de forma controlada.

Enquanto o caos se desenrolava, a cidade começou a se mobilizar. Bombeiros e trabalhadores correram para o local da explosão, e a multidão de manifestantes se agitou ainda mais. A notícia da explosão se espalhou rapidamente, e os rumores começaram a se propagar, alimentando a confusão e o pânico.

No local da explosão, a cena era devastadora. A mina, agora um amontoado de escombros e destroços, liberava uma fumaça densa e tóxica. Muitos trabalhadores estavam feridos, alguns gravemente. O som dos gritos e dos gemidos dos feridos misturava-se ao barulho dos caminhões de resgate e das sirenes.

Um dos trabalhadores mais respeitados, conhecido por todos no quilombo e nas minas, estava gravemente ferido. Seus colegas, desesperados, tentavam prestar os primeiros socorros enquanto aguardavam a chegada das equipes médicas. O caos no local era total, com pessoas correndo de um lado para o outro em busca de entes queridos e a sensação de desespero predominando.

Entre os feridos, havia também relatos de alguns manifestantes que estavam na área no momento da explosão. A confusão e a falta de informações claras fizeram com que os rumores se espalhassem rapidamente, alguns atribuíam a culpa aos manifestantes enquanto outros diziam que a explosão poderia ter sido um ato deliberado para causar pânico e desestabilizar ainda mais a situação.

Havia uma sensação generalizada de que a verdade sobre quem era realmente responsável pela explosão estava profundamente enterrada sob as cinzas e os escombros. Enquanto o caos se desenrolava, ninguém sabia ao certo o que havia realmente acontecido, e a dúvida pairava no ar.

―――⋄―――

No escritório da mansão Costa, todos ainda se recuperavam do choque com as notícias sobre o estado das vítimas da explosão. Pedro e Irene estavam acompanhados por alguns de seus advogados e oficiais de segurança, que analisavam documentos e relatórios iniciais já recebidos sobre o ocorrido.

— O que temos aqui? — perguntava Pedro, folheando um relatório, com a expressão preocupada. — A primeira investigação parece indicar que a explosão foi causada por um dispositivo explosivo improvisado.

— Sim, senhor — consentiu o oficial de segurança demonstrando apreensão. — Recebemos testemunhos de que pessoas foram vistas na área da mina pouco antes da explosão. Além disso, alguns fragmentos do dispositivo foram encontrados, e os peritos afirmam que foi uma detonação intencional.

— E quais são as suspeitas até agora? Existe alguma ligação concreta com alguém em específico? — perguntou Irene com curiosidade, sendo respondida pelo advogado da família Costa há décadas, dr. Camilo Brant, que acabava de ajustar os óculos:

— Na verdade, as primeiras informações são preocupantes. Um grupo de trabalhadores que participou das manifestações recentes mencionou a presença de indivíduos do quilombo na área da mina antes da explosão.

— Ainda é cedo para confirmar qualquer coisa — interferiu o oficial de segurança. — Mas a evidência inicial e os depoimentos indicam uma possível conexão. Também encontramos uma carta anônima, que não sabemos se é verdadeira, mas sugere que o quilombo está planejando outras ações violentas contra os Costa.

Irene, olhando com frieza para o advogado, determinou rapidamente:

— Preparem um comunicado para a imprensa. Precisamos mostrar que estamos cooperando com as autoridades e que tomamos a situação muito a sério. Ao mesmo tempo, é crucial que nossos investidores vejam que estamos no controle da situação.

A tensão na mansão Costa aumentou ainda mais quando André chegou, encontrando seus pais e seu cunhado, Roberto, discutindo acaloradamente sobre o incidente.

— André, você chegou na hora certa — disse Irene, ao vê-lo entrar. — Precisamos conversar sobre a explosão. As investigações preliminares indicam que o quilombo pode estar envolvido. E você sabe quem são as lideranças, não é?

André franziu a testa, surpreso e preocupado.

— O quê? Como isso pode ser? Luísa e o quilombo sempre lutaram pelos seus direitos, mas eles nunca fariam algo tão violento, ainda mais que também impactariam seu próprio povo. É impossível.

Irene o encarou com uma frieza calculista.

— Não se deixe enganar, André. Eles estão desesperados e dispostos a tudo para proteger suas terras. Luísa tem mais motivos para estar envolvida, ela nos odeia e tem acesso às informações desta casa. Não vamos mais tolerar sua presença aqui em qualquer hipótese.

— Eu não posso acreditar que Luísa esteja envolvida nisso — disse André, sua voz carregada de emoção. — Eu conheço Luísa. Ela é pacífica e nunca agiria dessa maneira.

Pedro e Roberto trocaram olhares significativos, sabendo que a situação era mais complicada do que parecia. A conversa se tornava mais intensa à medida que Irene insistia nas acusações e André tentava defender Luísa.

— Olhe para as evidências — disse Irene. — Se quisermos resolver isso, precisamos agir rapidamente. A reputação da nossa família e o futuro dos nossos negócios estão em jogo.

— E eu vou fazer o que for preciso para proteger Luísa e o quilombo — respondeu André, sua voz cheia de determinação, embora seu coração estivesse dividido.

Mais tarde, na casa de Luísa, o clima era de total apreensão e tristeza com os feridos. Maria da Silva e os membros da comunidade estavam reunidos em uma sala, discutindo o impacto da explosão e o que poderia vir a seguir. Luísa estava angustiada, seu rosto pálido e seus olhos cheios de preocupação.

— Isso é terrível — disse Maria, seu tom grave e preocupado. — Precisamos nos preparar para o pior. Se a família Costa realmente começar a nos culpar, será um grande desafio e podemos inclusive perder de vez a disputa por nossas terras.

Os moradores, exaustos e tensos, entreolhavam-se, murmurando em acordo. As preocupações de Maria eram compartilhadas por todos. Entre eles, Jorge, um homem de voz firme, levantou-se para falar.

— A situação é crítica, mas devemos manter a calma. Não podemos permitir que o medo nos faça cometer erros. Precisamos reunir todas as provas possíveis para mostrar que não tivemos nada a ver com essa explosão.

— Jorge está certo — concordou Luísa, tentando se manter firme. — Precisamos agir com clareza e rapidez. Precisamos recalcular a rota, estabelecer um novo plano para nos proteger e para convencer a comunidade de que somos inocentes.

Maria assentiu, mas a expressão em seu rosto mostrava o tamanho da responsabilidade que sentia.

— Vamos trabalhar juntos para apresentar um relatório claro e detalhado às autoridades, mostrando nossa inocência. Precisamos também preparar um discurso para a comunidade, para garantir que todos estejam cientes do que está acontecendo e que mantenham a calma.

Enquanto a reunião na casa de Luísa terminava, os moradores se dispersaram, cada um levando consigo a gravidade das notícias e a responsabilidade de proteger sua comunidade. Luísa, com o coração apertado, retirou-se para um canto tranquilo da casa, longe dos olhares preocupados e dos murmúrios ansiosos. O silêncio da noite envolvia a casa, e a tristeza que ela sentia era nítida.

Nesse momento de solidão, André entrou na casa, a expressão carregada de preocupação e desespero. Ele a encontrou com facilidade, mesmo na penumbra, e seus olhos se encontraram, revelando a profundidade do sofrimento e da preocupação mútua.

— Luísa, preciso falar com você — disse ele, a voz tremendo com a urgência de suas palavras. — Recebi notícias sobre a explosão e o envolvimento do quilombo. Eu não consigo acreditar que você esteja envolvida nisso.

Luísa levantou o olhar para ele, seus olhos brilhando com uma mistura de tristeza e determinação.

— André, você sabe que não temos nada a ver com isso. Estamos lutando por nossos direitos e por justiça. Nunca faríamos algo tão violento. Por favor, acredite em mim.

André deu um passo mais próximo, seus olhos fixos nos dela, procurando por sinais de verdade em meio à confusão.

— Eu quero acreditar, Luísa. Mas as provas são complicadas e a pressão está enorme. A minha família está desesperada e disposta a fazer qualquer coisa para destruir o que temos. Não sei o que pensar.

— Não deixe que as mentiras os façam esquecer a verdade — disse Luísa, sua voz suave, mas firme. — Eu e a comunidade só queremos justiça. Não somos criminosos, apenas pessoas que lutam por nossos direitos. Precisamos encontrar uma maneira de provar isso.

André se aproximou ainda mais, seus olhos mergulhados nos de Luísa, e segurou suas mãos com uma força gentil, mas resoluta.

— Eu vou fazer tudo o que puder para te ajudar. Não posso permitir que você e o quilombo sejam injustamente acusados. Não importa o quanto seja difícil, eu estarei ao seu lado.

A conexão entre eles era real, uma mistura de amor e desejo profundo e uma necessidade desesperada de se apoiar mutuamente. Luísa, sentindo o calor e a força de suas mãos, de seu toque, respirou fundo, encontrando conforto na proximidade dele.

— André, seu apoio significa tudo para mim. Eu sei que isso também é difícil para você, mas juntos podemos enfrentar qualquer coisa. Nosso amor e nossa verdade são mais fortes do que qualquer mentira que eles possam espalhar.

André se inclinou para mais perto, seus lábios roçando os dela em um beijo suave e cheio de verdade. O beijo se aprofundou, um gesto de conforto e conexão que falava mais do que palavras poderiam expressar. Entrelaçados, eles encontravam seu momento de paz em meio ao caos que os cercava.

Enquanto se separavam, André olhou para Luísa com um olhar cheio de determinação e carinho.

— Eu prometo que lutarei por você e por nossa verdade. Não importa o que aconteça, eu estarei aqui, ao seu lado.

Luísa sorriu através das lágrimas, seu coração batendo forte com a certeza de que, apesar das dificuldades, o amor que compartilhavam era uma força poderosa o suficiente para enfrentar qualquer tempestade.

— E eu estarei aqui para você, André. Juntos, vamos superar tudo isso.

Com um último abraço apertado e um beijo reconfortante, eles se separaram, revigorados para enfrentarem os desafios que os cercavam e somente se intensificavam, mais unidos do que nunca. A noite, antes tão pesada, parecia um pouco mais clara com a força de seu amor e a promessa de continuar lutando pela verdade que compartilhavam.

Após as intensas conversas que se seguiram e o aumento de especulações sobre o quilombo e Luísa, André decidiu que a única maneira de provar a profundidade de seu amor e confiança em Luísa seria tomar uma decisão corajosa. Naqueles dias, enquanto o quilombo ainda estava em alerta e preocupado com as consequências da explosão, André reuniu toda sua coragem.

Ele adentrou a sala da casa de Luísa; seus olhos estavam firmes e decididos. Ao vê-lo se aproximar, Luísa sentiu o coração acelerar, mas a determinação nos olhos de André trouxe-lhe certo conforto. André se ajoelhou diante dela, segurando suas mãos com um carinho que transmitia toda a sua intenção.

— Luísa, eu sei que os tempos são difíceis, que a pressão sobre nós está insuportável, mas eu te amo e acredito na sua inocência. — Ele fez uma pausa, seus olhos brilhando com sinceridade. — Não quero que você sinta qualquer dúvida de que eu estou e sempre estarei do seu lado, e a única maneira que vejo de fazer isso é me comprometendo completamente com você. Quero me casar com você, Luísa da Silva. Aceita ser minha esposa?

As palavras de André foram como um afago para o coração de Luísa, que, em meio a tanta incerteza, sentiu uma onda de emoção e surpresa. As lágrimas encheram seus olhos enquanto ela absorvia a proposta, e, por um momento, tudo pareceu menos pesado, deixando apenas os dois naquele instante mágico.

— André, você realmente quer isso? — perguntou Luísa, sua voz embargada pela emoção. — Mesmo com tudo o que está acontecendo?

— Mais do que qualquer coisa — respondeu ele, sem hesitar. — Quero que saiba que eu acredito em você e que estamos juntos nessa luta. Nada, nem mesmo as mentiras ou a violência, vai nos separar.

Luísa, incapaz de conter as lágrimas, assentiu um sorriso suave surgindo em seus lábios. Ela se lançou nos braços de André, sentindo o calor e a segurança de seu abraço. Ali, nos braços dele, Luísa sentiu que, apesar de tudo, ainda havia esperança, ainda havia amor, e isso era tudo de que precisavam para seguir em frente.

— Sim, André — ela sussurrou contra o peito dele, seu coração batendo em uníssono com o dele. — Eu aceito me casar com você.

Os dias que se seguiram foram de preparação silenciosa. André ajustou tudo com o cartório local, certificando-se de que a confidencialidade seria preservada, pois não queria agravar ainda mais a ira de sua família, dobrando a aposta. A cerimônia seria simples e íntima, no coração do quilombo, onde a história de amor deles havia florescido, com a benção de Nossa Senhora do Rosário. Somente Maria da Silva, a mãe de Luísa, estaria presente para testemunhar a união. A pequena capela improvisada no quilombo foi decorada com flores silvestres e a luz suave das velas, criando um ambiente acolhedor e cheio de significado.

No dia do casamento, Luísa usou um vestido branco simples, feito à mão por sua mãe, que moldava delicadamente seu corpo e realçava sua beleza natural. O modelo, que lembrava o vestido que ela usava quando conheceu André, trouxe à tona um sentimento nostálgico que encheu os olhos dele de lágrimas e desenhou um sorriso bobo e apaixonado em seu rosto. André, por sua vez, estava elegante em uma camisa branca de linho, bem ajustada em seu corpo e uma calça bege, cuja simplicidade harmonizava perfeitamente com o ambiente. Quando o sol se pôs, tingindo o quilombo com um brilho dourado, a cerimônia começou.

Maria da Silva olhava para a filha com olhos marejados de orgulho e emoção. Ela sabia que aquele momento representava mais do que apenas uma união de amor; era uma declaração de resistência e força, uma promessa de que, não importava o que acontecesse, Luísa e André estariam juntos, lutando lado a lado.

Quando os dois trocaram votos, suas palavras eram cheias de amor e convicção, uma promessa de apoio mútuo e de enfrentarem juntos qualquer adversidade. O beijo que selou a união foi cheio de doçura e verdade, um gesto de pura devoção.

A cerimônia foi seguida por uma pequena celebração, onde Luísa e André, com as mãos entrelaçadas, compartilharam um momento de alegria e alívio. Apesar das sombras que ainda pairavam sobre suas vidas, naquele instante, havia apenas amor e esperança.

E, sob a luz das estrelas, ao som suave do vento entre as árvores, eles começaram sua nova jornada juntos, mais fortes e determinados do que nunca.

O sol começava a se pôr quando os oficiais chegaram ao quilombo. O clima estava pesado, com um manto de tristeza e apreensão pairando sobre a comunidade após a explosão na mina. Luísa estava em sua casa, cercada por alguns membros da comunidade que tentavam oferecer conforto e apoio, quando o som dos passos dos oficiais e do cavalo troteando sobre o solo se tornou audível. A atmosfera ficou ainda mais tensa.

— Luísa da Silva, precisamos falar com você. — Apresentou-se o oficial de segurança, entrando na residência com um semblante grave.

Os olhos de Luísa se arregalaram. Ela se levantou lentamente, um misto de curiosidade e medo em seu olhar. André, que estava ao lado de dona Maria, sentiu um frio na espinha ao ver a expressão dos oficiais. Ele tentou disfarçar sua apreensão, mas a preocupação estava estampada em seu rosto.

— O que está acontecendo? — perguntou Luísa, tensa.

— Estamos aqui para informá-la formalmente de que você está sendo acusada de envolvimento na explosão na mina. De acordo com as investigações e evidências coletadas, há motivos para acreditar que você pode ter alguma ligação direta com o crime.

A palavra "acusada" parecia ecoar no ar, deixando todos na sala em silêncio. Luísa sentiu um frio na espinha. Sua mente girava, tentando processar as palavras e as implicações. André, ao ouvir isso, ficou atônito. Seu primeiro impulso foi abraçar Luísa, seu olhar era de incredulidade e proteção.

— Isso é impossível! Luísa não tem nada a ver com isso. Há algum erro! — exclamou o jovem.

— Senhor Costa, como ainda consegue estar aqui? As evidências e os depoimentos estão sendo considerados. Encontramos materiais relacionados ao crime que levam a uma possível ligação com Luísa. Além disso, testemunhas relataram a presença de pessoas do quilombo na área da mina antes da explosão, e há uma carta anônima que sugere planos de ações violentas contra sua família.

— André, por favor, você sabe que eu não teria feito nada disso. A comunidade e eu sempre lutamos pela justiça — clamou Luísa, olhando para seu amor.

— Isso é um absurdo! Luísa não faria uma coisa dessas! Ela sempre lutou para proteger nossa comunidade — aduziu Maria da Silva com uma voz carregada de desespero ao ver a filha naquela situação.

André estava visivelmente angustiado. Ele se virou para os oficiais, tentando compreender a situação. Ele segurou a mão de Luísa, procurando dar-lhe um pouco de força.

Os oficiais continuaram a explicar o processo legal e os próximos passos, mas Luísa mal conseguia ouvir, seu coração estava pesado demais com a dor e a sensação de injustiça. Ela se apoiou em sua mãe e André, enquanto os oficiais começavam a conduzi-la para fora da casa.

Os oficiais conduziram Luísa para a carroça que a levaria para a prisão. André, paralisado pela dor e confusão, observando a partida, seu coração pesado, assistiu a cena com um misto de desespero e incredulidade. Ele sentiu como se seu mundo estivesse desmoronando ao ver Luísa ser levada embora. Sua mãe, Maria, aquela mulher tão forte aos prantos. Sua confiança em Luísa era inabalável, mas a realidade cruel da acusação parecia cada vez mais real.

PARTE 2

UM FIM PARA UM RECOMEÇO

CAPÍTULO 6

QUANDO TUDO PARECE ESTAR DESMORONANDO

O tempo parecia ter parado desde que Luísa foi levada pelos oficiais. André, consumido pela angústia, mal conseguia dormir, comer ou se dedicar aos estudos. Seus pensamentos estavam constantemente em Luísa, em como ela estaria, em como ele poderia ajudá-la. A casa dos Costa, antes um símbolo de poder e segurança, agora era um local sombrio, onde o silêncio era quebrado apenas por conversas tensas e olhares desconfiados.

Dias depois, em uma tarde fria, André estava em seu quarto, tentando encontrar forças para enfrentar mais um dia sem Luísa. O ambiente era pesado, e ele mal notou quando uma das empregadas entrou apressada, com o rosto pálido.

— Senhor André, venha rápido... seu pai... ele está mal! — a empregada sussurrou, sua voz trêmula de medo.

André saltou da cama, seu coração disparado. Ele correu pelos corredores, cada passo ecoando como um presságio de que as coisas ainda poderiam piorar. Quando entrou no quarto de seus pais, encontrou Irene ao lado da cama, segurando a mão de Pedro, que estava deitado, o rosto contorcido em dor. O pai de André estava suando frio, com a respiração entrecortada e os olhos arregalados, lutando contra uma dor profunda.

— Pai! — André correu para o lado de Pedro, segurando a outra mão dele, que estava fria como gelo. — O que aconteceu?

Pedro tentou falar, mas as palavras não saíram. Apenas um gemido baixo e angustiado escapou de seus lábios antes que sua respiração se tornasse mais fraca, seus olhos começando a perder o foco. Irene, desesperada, olhou para André com olhos cheios de ódio e dor.

— Pedro, aguente firme — ela cuspiu as palavras, sua voz carregada de rancor, agora se dirigindo a André. — Isso é tudo culpa sua! Estamos todos desgostosos com toda a vergonha e desonra que você trouxe para nossa família... Ele não está aguentando o desgosto, André! Você está matando seu próprio pai!

As palavras de Irene atingiram André como uma lâmina. Ele recuou, chocado, incapaz de processar o que estava ouvindo. Lágrimas começaram a brotar de seus olhos enquanto ele apertava ainda mais a mão de Pedro, sentindo a vida escapar de seu corpo.

— Não... não, isso não pode ser verdade... — André murmurou, a dor em sua voz evidente. — Pai, por favor... aguente firme...

Mas era tarde demais. Com um último suspiro, Pedro Costa deixava o mundo com sua mão caindo pesada na cama. O silêncio que se seguiu foi ensurdecedor. Irene soltou um grito de dor, cobrindo o rosto com as mãos, enquanto André ficou ali, paralisado, o choque e a dor esmagando-o por dentro.

André estava devastado. O mundo ao seu redor parecia devorador. Primeiro, Luísa havia sido levada; agora, seu pai estava morto e sua mãe o culpava por isso. Ele mal conseguia respirar, o peso da culpa e da dor esmagando-o.

— Pedro... por favor, não!!!! Como você pôde, André? Como pôde fazer isso com seu pai? — Irene chorava, seus olhos avermelhados e cheios de fúria. — Ele não merecia essa desonra, essa vergonha... Ele estava sofrendo por sua causa, por causa dessa... dessa preta que você insiste em defender!

As palavras de Irene eram como facas, cortando fundo o coração de André. Ele sabia que seu pai tinha sofrido, que a situação com Luísa tinha abalado sua família, mas jamais poderia imaginar que isso culminaria na morte dele. E Irene, sem saber do casamento secreto entre André e Luísa, não fazia ideia do quanto suas palavras estavam rasgando o coração de seu filho.

André, consumido pela dor, apenas abaixou a cabeça, sentindo-se mais perdido e sozinho do que nunca. Ele queria gritar, queria seu pai vivo, queria dizer à sua mãe que ela estava errada, que ele amava Luísa e que nada disso era culpa dela, mas as palavras ficaram presas na garganta, esmagadas pela culpa.

Enquanto Irene chorava e praguejava, André se retirou silenciosamente do quarto, o rosto sem expressão, como se toda a vida tivesse sido drenada de seu corpo. Ele caminhou até o jardim, onde o sol estava se pondo, pintando o céu com cores suaves, mas ele mal notou a beleza ao seu redor. Seus pensamentos vagavam em seu pai que nunca mais veria e em Luísa, agora ainda mais distante dele... Viver aquilo tudo sozinho estava se tornando insuportável.

André caiu de joelhos, seu corpo finalmente cedendo à intensidade de sua dor. Lágrimas escorriam por seu rosto, enquanto ele murmurava uma prece silenciosa para seu pai, pedindo perdão por tudo, ainda que no fundo soubesse que sua partida não fosse culpa do seu amor. No fundo, ele sabia que nada traria seu pai de volta, mas, naquele momento, ele prometeu a si mesmo que faria de tudo para salvar Luísa, honrar a memória de Pedro, e tentar reconstruir sua vida a partir dos cacos que agora restavam.

Os dias que se seguiram à morte de Pedro Costa foram uma verdadeira provação para André. O luto envolveu não apenas a casa dos Costa, mas toda a cidade de Ouro Preto. O falecimento do influente patriarca foi uma perda sentida por muitos, e a tristeza se espalhou como uma névoa densa, afetando até aqueles que pouco conheciam a família.

André mal conseguia processar a realidade ao seu redor. O tempo parecia se arrastar, cada dia uma repetição do anterior, marcado por cerimônias sombrias e encontros com pessoas que lhe ofereciam condolências automáticas, sem real empatia. A dor que ele carregava no peito, no entanto, ia além do luto comum. Era uma dor complexa, uma mistura de culpa, saudade e desesperança.

No dia do enterro, uma chuva fina começou a cair sobre Ouro Preto, como se o céu também estivesse de luto. A cerimônia foi grandiosa, como se esperava de alguém como Pedro Costa. Personalidades influentes da cidade e da região compareceram, seus trajes pretos contrastando com o cinza do céu e o verde escuro das montanhas ao redor.

André estava de pé ao lado de sua irmã, Patrícia, e de sua mãe, Irene, que mantinha a compostura rígida, mesmo com os olhos vermelhos e o rosto pálido. Ele tentava se manter forte, mas a realidade o atingia com uma força quase insuportável a cada palavra dita pelo padre, a cada olhar de piedade lançado em sua direção. As palavras de Irene ainda ecoavam em sua mente, acusando-o pela morte do pai, e ele não conseguia se livrar da sensação de que, de alguma forma, ela poderia estar certa.

Após o enterro, André mal teve tempo para processar seu luto. A imprensa local, sempre sedenta por notícias sobre a família Costa, começou a especular sobre o futuro dos negócios. Artigos em jornais e comentários nas ruas destacavam a fortuna que Pedro havia deixado, fazendo conjecturas sobre como se daria a sucessão, quem conduziria os negócios da família e até mesmo se André, o único filho homem, teria condição de assumir algum dia o legado do pai.

A *Gazeta de Ouro Preto*, o jornal mais influente da cidade, publicou uma longa matéria sobre a vida e o legado de Pedro Costa. O texto era elogioso, destacando sua contribuição para o desenvolvimento da mineração na região e sua influência política. No entanto, a matéria não se limitava a louvar o falecido. A parte final lançava uma sombra sobre André, questionando se ele seria capaz de manter o império dos Costa intacto, insinuando que a recente turbulência na família poderia prejudicar a estabilidade dos negócios.

André leu o artigo com uma sensação de aperto no peito. A imprensa parecia mais interessada em como a fortuna seria administrada do que na dor que eles estavam sentindo. Naquela sociedade patriarcal, ele sabia que os olhos de todos estavam sobre ele agora, esperando para ver como ele lidaria com a responsabilidade da herança. No entanto, sua mente estava longe dos negócios; estava em Luísa, presa e esperando por um julgamento injusto.

Em meio a tudo isso, Irene permanecia fria e distante, sua dor transmutada em raiva e amargura. Ela não dirigia uma palavra a André a não ser para assuntos práticos, e evitava mencionar o nome de Luísa, como se sua existência fosse a fonte de todo o mal. André, por sua vez, sentia-se cada vez mais isolado, preso entre a culpa que sentia pela morte de seu pai e o amor que ainda queimava dentro dele por Luísa.

Nos bastidores, Irene já havia tomado sua decisão. Em sua mente, André, fragilizado pelo luto e pelas circunstâncias ao redor de Luísa, não estava em condições de conduzir os negócios da família. Ela não confiava em seu filho para manter o legado do marido, e essa desconfiança crescia a cada dia, alimentada pela raiva que sentia por ele ter escolhido uma vida que ela via como fraca e desonrosa.

Foi durante uma reunião privada na grande sala da casa dos Costa que Irene deixou claro seus planos. Patrícia, sua filha, estava sentada ao seu lado, e Roberto, o genro de Irene, posicionava-se com uma postura confiante, pronto para assumir o papel que Irene havia reservado para ele.

— Sei que este é um momento difícil para todos nós — começou Irene, sua voz dura como pedra. — Mas a vida precisa continuar, e os negócios da nossa família não podem parar.

André, ainda absorto em sua dor, ergueu os olhos para a mãe, tentando captar o que ela estava insinuando.

— Estou ciente, mãe, mas eu... preciso de tempo para ajustar tudo, para entender como vou lidar com isso. — Sua voz estava embargada, as palavras saíam com esforço.

Irene olhou para ele, seus olhos frios e avaliadores.

— Tempo é algo que não temos. Os negócios não esperam e estamos em crise desde que estes malditos protestos começaram, e este é o momento em que precisamos de liderança firme e decisiva. — Ela fez uma pausa, seus olhos voltando-se para Roberto. — Roberto tem demonstrado, desde que se casou com sua irmã, que é mais do que capaz de lidar com essas questões. Ele tem a experiência e a força necessárias para manter a posição que seu pai ocupava.

André ficou em silêncio por um momento, absorvendo o impacto das palavras de sua mãe. Ele percebeu, então, o que ela estava sugerindo: ela planejava deixar Roberto assumir o controle dos negócios, com ela ao seu lado, enquanto ele, o filho legítimo de Pedro Costa, era relegado a um papel secundário.

— Mãe... — começou ele, sua voz fraca, mas antes que pudesse continuar, Patrícia interveio.

— André, todos estamos sofrendo, mas você sabe que os negócios precisam de alguém que esteja em plena capacidade para tomar decisões difíceis. Roberto já tem experiência na administração de grandes empreendimentos, e com a orientação da mamãe, ele pode garantir que o legado do papai continue forte.

Roberto assentiu com um ar de superioridade.

— André, isso não é uma questão de substituir um papel que em algum momento será seu, mas de garantir que tudo continue como deveria. A família Costa pode confiar em mim para fazer o que é necessário.

A dor de André, que até então era profunda e pessoal, agora se transformava em uma mistura de frustração e indignação. Ele sentiu que estava sendo afastado, tratado como se fosse incapaz de cumprir seu papel na família.

Mas o luto, a responsabilidade e a incerteza sobre Luísa o deixavam sem forças para lutar.

Irene, percebendo a hesitação do filho, deu o golpe final:

— O que precisamos agora é de estabilidade, André. Com Roberto no comando, você terá tempo para se recompor, para cuidar do que precisa cuidar. Não é uma renúncia, é uma questão de prioridade, e eu e Patrícia também como herdeiras formamos maioria...

André não respondeu. Ele sabia que argumentar não levaria a nada naquele momento. A dor de perder o pai, somada à acusação sobre Luísa e agora a pressão da mãe, irmã e do cunhado, era quase insuportável. Ele sentiu que estava perdendo o controle de sua própria vida, cada vez mais distante de tudo o que um dia considerou seguro e certo.

Enquanto os dias passavam, Irene começou a se mover nos círculos de influência, tratando diretamente com os parceiros e associados da família, com Roberto ao seu lado em cada reunião. A imprensa não demorou a notar e começou a relatar que a viúva de Pedro Costa, juntamente com seu genro, estava assumindo o comando dos negócios, gerando especulações sobre o futuro de André dentro da família.

Cada notícia que chegava aos ouvidos de André era um lembrete de sua crescente impotência, e a sombra de seu pai parecia mais presente do que nunca, não como uma figura de apoio, mas como um fantasma que agora o julgava. No entanto, no fundo de seu coração, algo começava a se formar, uma determinação silenciosa de que ele não deixaria que toda aquela fortuna fosse utilizada para fortalecer as desigualdades sociais que o afastava de Luísa. Ele sabia que, mais cedo ou mais tarde, teria que tomar uma decisão.

O tempo parecia se arrastar, e os dias desde a morte de Pedro Costa haviam se misturado em um borrão de luto e incerteza para André. A dor pela perda do pai ainda era constante em seu peito, mas outro sentimento começava a emergir, mais sombrio e corrosivo: a culpa. As conversas silenciosas, os olhares de reprovação de sua mãe, a situação da Luísa, começaram a formar raízes profundas em sua mente.

Para piorar, o julgamento de Luísa já tinha data marcada, e a defesa dela não andava nada bem. As evidências que apontavam para seu suposto envolvimento na explosão pareciam se empilhar, deixando poucas esperanças para um desfecho favorável. Cada novo detalhe surgido nas investigações comprometia ainda mais a situação e aumentava sua sensação de impotência.

Era uma tarde cinzenta quando André finalmente, após muita insistência, conseguiu ter acesso a Luísa. Ele caminhava pelas ruas de Ouro Preto com passos pesados, o coração dividido e dilacerado. Quando chegou à prisão, o guarda o conduziu até uma pequena sala onde Luísa o aguardava. A visão dela, abatida e presa, fez seu peito se apertar, mas ele manteve uma expressão dura, escondendo qualquer vestígio de vulnerabilidade.

Luísa estava sentada em um banco de madeira, seus olhos se iluminaram por um breve momento ao ver André entrar, mas logo ela percebeu a frieza em seu olhar, e sua expressão suavizou em tristeza.

— André... — começou ela, a voz baixa e cheia de pesar. — Eu soube sobre seu pai... sinto muito. Sei o quanto ele significava para você.

Ela estendeu a mão para ele, como se tentasse encontrar algum conforto na conexão que antes era tão forte entre eles. Mas André não se moveu. Ele permaneceu parado, olhando para Luísa com um olhar que misturava dor e uma determinação fria.

— Não foi apenas meu pai que eu perdi, Luísa — respondeu ele, a voz dura como pedra. — Eu perdi o respeito da minha família, a confiança das pessoas ao meu redor... e tudo por algo que nunca deveria ter acontecido.

Luísa franziu a testa, confusa e ferida pelas palavras de André.

— O que está dizendo? André, por favor, não me diga que está acreditando nessas mentiras, nessas acusações falsas. Eu nunca faria algo assim. Eu amo você... sempre lutei por nós.

Mas André balançou a cabeça lentamente, seus olhos enchendo-se de uma determinação dolorosa.

— Não, Luísa. Isso tudo foi um erro. Um erro que jamais deveria ter acontecido. Nós jamais daríamos certo, somos de mundos diferentes... e tentar forçar isso só trouxe destruição para todos nós.

Luísa sentiu como se o chão tivesse se aberto sob seus pés. As palavras de André eram como facas, cortando fundo em seu coração.

— Você... você não pode estar falando sério. André, eu sei que está sofrendo, mas, por favor, não nos jogue fora assim. Eu nunca quis nada além do seu amor.

André deu um passo para trás, como se quisesse se distanciar não apenas fisicamente, mas emocionalmente de Luísa.

— Talvez eu tenha te amado, Luísa, mas isso não é suficiente. Nunca foi. Eu vejo isso agora. Eu vejo que tudo que vivemos foi um erro. Nós nos enganamos, achando que podíamos desafiar o mundo, mas tudo o que conseguimos foi trazer ruína e dor.

O sofrimento no rosto de Luísa era evidente, seus olhos começaram a se encher de lágrimas, mas ela se recusava a deixá-las cair. Ela havia suportado tanto, e agora, ouvir isso de André era como a última gota em um copo já transbordando.

— Então é isso? — perguntou ela, a voz trêmula. — Você vai simplesmente me abandonar aqui, como se tudo que vivemos não significasse nada? Como se eu fosse culpada por tudo isso?

André cerrou os punhos, tentando manter a postura fria que havia decidido adotar.

— Não se trata de culpar você, Luísa. Se trata de reconhecer que nunca fomos destinados a ficar juntos. Eu estou colocando um fim nisso antes que mais destruição aconteça. Com o julgamento se aproximando e as evidências contra você se acumulando, não podemos mais nos enganar. Se decidirmos continuar, isso não vai terminar bem para nenhum de nós.

As palavras finais de André caíram como marteladas, firmes e irrevogáveis. Ele deu um último olhar para Luísa, e em seus olhos, ela viu que o André que ela amava estava afastando-se para sempre.

Sem mais palavras, ele se virou e saiu da sala, deixando Luísa sozinha, destruída pela dor e traição. Enquanto a porta se fechava atrás dele, o som reverberou nos ouvidos de Luísa como o eco de um coração que se partia.

Ela permaneceu ali, em silêncio, as lágrimas finalmente escorrendo por seu rosto, carregando consigo toda a dor de um amor que havia sido arrancado dela de maneira tão brutal. O sonho que um dia compartilhara com André agora não passava de cinzas, sopradas pelo vento frio da realidade. Com o julgamento se aproximando e as chances de liberdade cada vez mais distantes, Luísa sentia o fardo de um destino que parecia inevitável e terrivelmente injusto.

Entre lágrimas e uma dor esmagadora, Luísa sentia as palavras de sua mãe quando descobriu sobre o seu envolvimento amoroso com André reverberarem em sua mente, como uma profecia que fora subestimada: *"Eu conheço o tipo de vida que esses homens levam. Eles podem jurar que nos amam,* e talvez até se convençam disso, mas, no fundo... nós sempre seremos as primeiras a sofrer. Para eles, uma mulher negra não passa de algo... descartável".

⸻

A noite havia caído, mas dentro da cela fria e escura, Luísa não conseguia encontrar descanso. O tempo parecia ter perdido qualquer sentido desde a visita de André. Suas palavras, tão duras e definitivas, ecoavam em sua mente como um pesadelo do qual ela não conseguia acordar. Cada vez que fechava os olhos, via o rosto dele, aquele rosto que antes a fazia sentir segura, agora endurecido e distante, como se fosse de um estranho.

Ela se sentou no chão de terra batida, abraçando os próprios joelhos, tentando encontrar algum consolo em meio à tempestade que rugia dentro dela. Mas não havia consolo. O coração de Luísa, que já estava em frangalhos por todas as acusações e pela iminente possibilidade de uma condenação injusta, agora parecia completamente despedaçado. O amor que ela havia guardado com tanto cuidado, aquele que havia sido sua força em meio a todas as adversidades, agora a sufocava como uma corrente que a puxava para o fundo de um abismo escuro e sem fim.

Lembranças dos momentos felizes que compartilhara com André vieram à tona. Ela se viu de novo naquela festividade do Rosário, onde seus olhos se encontraram pela primeira vez. O sorriso de André, o jeito como ele a olhava, como se o mundo girasse ao redor dela, o primeiro toque, a primeira noite de amor, o casamento, tudo parecia tão distante agora, como uma história que ela havia lido em algum livro e não vivido em sua própria pele.

Como ele podia ter mudado tanto? Como o amor que ele jurava sentir por ela se transformara em algo tão frio e vazio? Essas perguntas martelavam incessantemente em sua mente, mas não havia respostas. Apenas a dor, aquela dor cortante que se intensificava a cada respiração.

Luísa pressionou a mão contra o peito, como se pudesse segurar o coração partido que batia de forma irregular e dolorosa dentro dela. A traição de André era um golpe mais devastador do que qualquer outra coisa que ela já havia enfrentado. Pior do que o julgamento, pior do que as acusações falsas. Era como se ele tivesse arrancado sua alma e a deixado vazia, perdida em um mar de desespero.

Ela queria gritar, queria chorar até que não restasse mais nenhuma lágrima, mas estava tão exaurida, tão profundamente ferida, que tudo o que conseguiu foi um soluço silencioso que parecia rasgar seu interior. A solidão era esmagadora. A sensação de abandono, de que o mundo inteiro havia se virado contra ela, era insuportável.

Aquele lugar, aquela cela fria, representava tudo o que ela temia: o isolamento, a injustiça, a dor. Mas o que mais doía era saber que André, o homem que ela havia amado com todo o seu ser, a havia deixado ali, sozinha, sem olhar para trás. Tudo que haviam construído juntos, todos os sonhos que tinham compartilhado, agora pareciam ilusões frágeis, quebradas e dispersas pelo vento da realidade cruel.

A noite se arrastava e, com ela, a dor de Luísa não dava sinais de alívio. Cada segundo que passava parecia multiplicar o sofrimento, enquanto a esperança que um dia a havia sustentado se esvaía lentamente, como areia escapando por entre seus dedos. Ela não sabia como seguiria em frente, como suportaria o julgamento que se aproximava ou como enfrentaria um mundo onde André não era mais a luz em sua escuridão. Tudo o que sabia era que estava completamente sozinha, e essa solidão a consumia, pedaço por pedaço, deixando apenas o vazio.

O vazio de um amor perdido.

O vazio de um sonho destruído.

O vazio de um coração que, agora, era apenas um espaço oco, ecoando com a dor que não encontrava fim.

Os soluços silenciosos de Luísa ecoavam na cela, e cada lágrima que caía era um tributo a um amor que, apesar de todos os obstáculos, havia sido real e profundo. Mas, agora, tudo que restava era a dor. Uma dor que, por mais que o tempo passasse, ela sabia que carregaria consigo para sempre.

CAPÍTULO 7

JULGANDO O AMOR

O salão do tribunal estava lotado e uma tensão palpável pairava no ar. Luísa, sentada no banco dos réus, sentia cada olhar que se voltava para ela. O ambiente era sombrio, com as paredes de pedra fria e a luz que entrava pelas janelas altas dando à sala uma atmosfera opressiva. Ela mal conseguia respirar, o coração apertado pela angústia e pelo medo. Cada detalhe daquele espaço parecia conspirar contra ela, desde o som seco do martelo do juiz dr. Miguel Barbosa até o murmúrio constante do público que assistia ao julgamento.

À sua frente, o promotor caminhava de um lado para o outro, os passos firmes e a postura imponente demonstrando confiança. Quando ele começou a falar, sua voz ressoou pela sala, carregada de acusação e determinação.

— Senhoras e senhores, estamos aqui hoje para julgar um crime grave, um crime que abalou nossa cidade e colocou em risco a vida de muitos. A explosão na mina não foi um acidente, mas um ato deliberado de violência, e estamos aqui para provar que a ré, Luísa da Silva, estava diretamente envolvida nesse atentado.

As palavras do promotor foram como punhais perfurando o peito de Luísa. Ela tentou manter a calma, mas era impossível não sentir a dor de ser acusada de algo tão terrível. Ela procurou desesperadamente por um rosto familiar entre os presentes, na esperança de encontrar André, mas ele não estava lá. Em vez disso, seus olhos se cruzaram com os de Irene, que a olhava com desdém, um sorriso cruel dançando em seus lábios.

O promotor continuou, apresentando as provas com uma precisão que parecia ensaiada. Ele segurou um dos panfletos, levantando-o para que todos pudessem ver. Era um papel gasto, com palavras rabiscadas em tinta escura. As frases incitavam a violência contra a família Costa, e o nome de Luísa parecia gravado a fogo no conteúdo daqueles panfletos.

— Estes panfletos, senhores, foram encontrados espalhados pelo centro de Ouro Preto. E não apenas isso: a caligrafia aqui — ele apontou para as palavras escritas — foi identificada como sendo da ré. Além disso, as impressões digitais de Luísa da Silva foram encontradas nesses materiais. — Ele passou alguns dos panfletos para o público, que olhava com uma curiosidade mórbida.

Cada palavra do promotor parecia aumentar a pressão nas costas de Luísa. Ela sentiu um nó na garganta, a vontade de gritar, de negar, de dizer que tudo aquilo era uma mentira. Mas a dor e o medo a mantinham em silêncio. Seus olhos estavam marejados, mas ela se recusava a deixar que as lágrimas caíssem, tentando manter a dignidade diante de uma situação tão desesperadora.

— Temos testemunhas que viram Luísa trabalhando em sua casa, criando esses panfletos. A caligrafia é consistente com outros documentos escritos por ela, e as impressões digitais não deixam dúvidas sobre sua participação — o promotor concluiu, a voz carregada de certeza.

Do outro lado da sala, a defesa de Luísa se levantou, o advogado respirando fundo antes de falar.

— Senhores, o que vemos aqui é uma tentativa desesperada de incriminar essa jovem. As provas apresentadas são suspeitas, para dizer o mínimo. Não temos garantias de que a caligrafia não foi forjada, ou que as impressões digitais não foram comprometidas. Alguém quer que Luísa seja condenada, e para isso, plantou essas evidências contra ela. — A voz do advogado era firme, mas Luísa podia sentir a tensão nas palavras dele, uma luta contra a maré que parecia impossível de vencer.

Maria da Silva, sentada em um canto da sala, estava arrasada. Ela observava tudo com os olhos cheios de lágrimas, o rosto marcado pela dor. Ver sua filha sendo tratada como criminosa era insuportável. O mundo que ela conhecia parecia desmoronar diante de seus olhos, e a impotência de não poder fazer nada para ajudar era um fardo esmagador.

Luísa sentiu o olhar pesado de sua mãe e se virou para ela, buscando algum tipo de conforto. Mas tudo que encontrou foi a tristeza profunda que refletia o que ela mesma sentia. A vida que elas conheciam, a luta pela justiça que sempre defendera, agora parecia estar desmoronando sob a pressão das falsas acusações. Ela sabia que o julgamento não estava indo bem, e com o avanço das mentiras e das provas forjadas, a esperança que ela tinha se desvanecia rapidamente.

Dr. Miguel Barbosa olhou para o relógio, marcando o fim daquele dia no tribunal. Com um som seco do martelo, ele encerrou a sessão, marcando a continuação do julgamento para o dia seguinte. Luísa foi conduzida para fora da sala por guardas, a mente preocupada com a perspectiva sombria do que estava por vir. A última imagem que viu antes de sair foi a expressão fria e impassível de Irene, e a ausência de André ainda a atormentava.

Ela sabia que enfrentaria mais dias difíceis pela frente, mas a dor do término com André, as acusações injustas e o desdém da sociedade eram fardos que ela mal conseguia suportar. E, em meio a tudo isso, ela se perguntava como e quando tudo aquilo acabaria.

Aquele era um dia bastante quente e claro em Ouro Preto, mas o tribunal continuava envolto em uma atmosfera de escuridão e incerteza. Luísa entrou na sala de audiências com as mãos trêmulas, o coração batendo acelerado no peito. O ambiente parecia ainda mais opressor do que no dia anterior, e o silêncio que dominava o salão era quase ensurdecedor. A presença do público, ávido por um desfecho, tornava o ar pesado, e a tensão era grande.

Luísa se sentou no banco dos réus, tentando manter a compostura enquanto os membros do quilombo se preparavam para testemunhar em sua defesa. Eles eram sua última esperança, e ela sabia que suas palavras seriam cruciais. Porém, a realidade era dura: seus vizinhos e amigos eram pessoas simples, movidas pela emoção, mas sem a capacidade de enfrentar o rigor técnico que o tribunal exigia.

O primeiro a testemunhar foi José, um senhor idoso que conhecia Luísa desde menina. Ele subiu ao banco das testemunhas, seu corpo frágil curvado pela idade e pela vida dura. Suas mãos tremiam levemente enquanto ele falava.

— Luísa é uma boa moça. Sempre foi. Não acredito que ela tenha feito nada de errado. Ela sempre nos ajudou no quilombo, sempre lutou por justiça. — A voz de José era firme, mas suas palavras careciam de evidências concretas, sendo baseadas em sua percepção pessoal.

O promotor não tardou a questionar José, minando sua credibilidade.

— Senhor José, o senhor é um amigo próximo da família, correto? Não acha que sua opinião pode estar sendo influenciada por sua relação com ela? — As palavras do promotor eram afiadas, e José vacilou, sentindo o impacto da acusação.

— Eu... eu a conheço bem, senhor. Sei que ela não faria algo assim — respondeu José, mas sua voz já não tinha a mesma firmeza.

Outras testemunhas do quilombo seguiram José, cada uma falando sobre o caráter de Luísa, sobre sua bondade e sua luta pela comunidade. Entretanto, todos os testemunhos compartilhavam a mesma fraqueza: eram baseados na percepção pessoal, sem provas concretas que pudessem refutar as acusações que recaíam contra ela. A defesa se esforçava para utilizar essas declarações a seu favor, mas a falta de evidências tangíveis enfraquecia cada argumento.

Conforme o julgamento avançava, a angústia de Luísa aumentava. Ela olhava ao redor, procurando algum sinal de André, esperando que ele aparecesse e a ajudasse a suportar aquele calvário. Mas ele não estava lá. Sua ausência era tão opressiva quanto as acusações, deixando Luísa ainda mais desamparada.

O promotor aproveitou a fragilidade das testemunhas do quilombo para reforçar a narrativa de culpa. Ele argumentou que, embora Luísa pudesse ter sido uma boa pessoa em sua comunidade, o desespero e o ódio poderiam ter levado até mesmo a mais justa das pessoas a cometer um crime tão hediondo. Cada palavra do promotor era como um golpe, e Luísa sentia sua esperança se esvaindo.

Finalmente, o juiz do caso, dr. Miguel Barbosa, declarou o fim da oitiva das testemunhas, marcando o fim daquele dia no tribunal e prometendo a leitura da sentença para o dia seguinte.

Na noite antes do veredicto, a mansão dos Costa estava envolta em uma atmosfera sombria e tensa. A sala de estar, com suas tapeçarias luxuosas e móveis caros, soava sombria àquela altura, refletindo a frieza dos corações que ali habitavam. Irene estava sentada em sua poltrona favorita, segurando uma taça de vinho tinto, enquanto Roberto, seu genro, permanecia em pé ao seu lado, olhando para a lareira com um olhar pensativo.

— Tudo está correndo como planejado, Roberto — disse Irene, sua voz baixa e calculada. — Luísa foi suficientemente incriminada pela explosão que arquitetamos, e o julgamento amanhã não trará surpresas. Ela será condenada, e nós não precisaremos mais nos preocupar com essa ameaça; a terra dos quilombos, enfraquecida, será nossa em breve.

Roberto, sempre leal aos planos de Irene, deu um leve sorriso.

— E André? Ele ainda acredita que a separação salvará Luísa?

— Sim, ele realmente acreditou que, afastando-se dela, tudo se resolveria. Prometi a ele que usaria nossas conexões políticas para interferir em seu favor, desde que ele se afastasse completamente do quilombo e de Luísa. Foi quase patético ver como ele estava disposto a fazer qualquer coisa para salvá-la. Mas, no final, isso foi apenas mais uma de minhas falsas promessas. — Irene riu com desdém, o brilho cruel em seus olhos deixando claro que nunca teve a intenção de ajudar Luísa.

— Ele vai descobrir a verdade, Irene — Roberto comentou, com um tom de voz cauteloso.

— Sim, mas quando isso acontecer, já será tarde demais. A morte de Luísa servirá para mostrar a ele que jamais deve desafiar nossa família. É uma lição dura, mas necessária. Isso vai garantir que não só André, mas que todos do quilombo saibam exatamente quem controla o destino de Ouro Preto.

Do outro lado da porta, André, que tinha ouvido o início da conversa enquanto descia as escadas, parou bruscamente. Suas mãos gelaram e seu coração parecia prestes a explodir no peito. Cada palavra que ouvia era como uma facada, e ele sentia seu mundo desmoronar à sua volta. Tudo aquilo, o término doloroso, o afastamento, não havia sido para salvá-la, mas uma armadilha cruel e fria arquitetada por sua própria mãe.

Seu corpo começou a tremer, e ele teve que se apoiar na parede para não cair. A compreensão de que havia sido manipulado, que sua mãe nunca teve intenção de salvar Luísa, devastou-o. Ele queria entrar naquela sala, confrontar Irene e Roberto, gritar, exigir respostas, mas sabia que aquilo só complicaria ainda mais a situação.

Desesperado e sentindo-se um completo tolo, André se virou e saiu da mansão, correndo pelas ruas escuras de Ouro Preto, apenas com papel e caneta na mão, sem saber ao certo para onde ir. Tudo o que ele conseguia pensar era na devastação que havia causado em Luísa, na dor que a infligiu, acreditando estar salvando-a, quando na verdade a havia condenado.

Na manhã seguinte, o dr. Miguel Barbosa finalmente ocupava o posto mais alto do tribunal, após a longa leitura do relatório da sentença. Pigarreando, ele molhou a boca com um gole de água e voltou sua atenção ao documento.

— Este é o relatório. Decido: pelo exposto, considerando as robustas provas apresentadas durante a instrução do caso, declaro Luísa da Silva culpada nos termos pleiteados pela acusação. Considerando a gravidade da sua conduta e visando aplicar uma punição exemplar, condeno a ré à pena de execução imediata por enforcamento, sem direito a recurso. A sentença será cumprida em praça pública até o fim desta semana — finalizou o juiz, enquanto as vozes dos populares aplaudiam e saudavam a decisão.

Após o julgamento, dr. Miguel Barbosa livrou-se da beca e, com sua bengala em mãos, lançou um último olhar para Luísa, a jovem que acabara de sentenciar à morte. Mesmo vestida em trapos, era impossível não notar sua beleza — os cabelos pretos e ondulados, a pele e o corpo esbelto. Mas o que mais lhe chamou a atenção foi o olhar destemido que Luísa mantinha, desafiando-o, sem nenhum vestígio de medo ou submissão.

Diferente dos outros condenados, Luísa não se curvou, não abaixou a cabeça, nem demonstrou raiva ou desânimo.

Enfrentou cada palavra da sentença com uma bravura inabalável, retribuindo o olhar fulminante do juiz com a mesma intensidade. Para muitos, a morte seria assustadora, mas Luísa já conhecia dores maiores. Sua sentença de morte não foi proferida naquele tribunal, mas no momento em que ele, aquele que tanto amava, hesitou sobre o que compartilharam.

Em breve, nada mais importaria. Tudo seria silenciado, e a dor e o vazio desapareceriam de seu peito.

O sol ainda estava nascendo quando Maria da Silva chegou ao pátio da prisão. Seus passos eram lentos, quase arrastados, como se cada um deles carregasse o fardo do mundo. O coração, que um dia transbordava de alegria ao ouvir a risada de sua filha, agora pulsava com uma dor surda e incessante. Cada batida era um lembrete cruel do destino que aguardava Luísa.

Ao passar pelo portão de ferro, que rangeu como se também estivesse em luto, Maria da Silva sentiu as lágrimas acumulando-se em seus olhos. A prisão estava impregnada de tristeza e desesperança, mas nada se comparava à dor que ela carregava no peito. Com um esforço quase sobre-humano, ela ergueu a cabeça, sabendo que precisava ser forte por Luísa, ainda que seu coração estivesse despedaçado.

Quando chegou à cela, encontrou sua filha sentada num canto, as mãos repousando tranquilamente sobre o colo.

Luísa levantou o olhar, e seus olhos, apesar de cansados e tristes, refletiam uma serenidade que partiu ainda mais o coração de Maria da Silva. Como podia, alguém tão jovem e cheia de vida, ser condenada a um destino tão cruel? Mas, ao ver a força no olhar de Luísa, Maria da Silva soube que sua filha enfrentaria aquilo com a mesma dignidade que sempre a caracterizou.

— Minha filha... — A voz de Maria da Silva saiu embargada, quase um sussurro. Ela se aproximou lentamente, seus olhos não conseguiam evitar as lágrimas que, finalmente, começaram a escorrer livremente por seu rosto.

Luísa se levantou e, com um gesto suave, envolveu sua mãe num abraço. Era como se naquele momento, as duas trocassem todo o amor, a dor e o medo, em um único toque. Elas permaneceram assim por alguns minutos, o tempo suficiente para que cada uma buscasse a força da outra.

— Eu não sei como isso foi acontecer... — Maria da Silva murmurou, afundando o rosto no ombro de Luísa. — Você não merecia isso, minha filha. Nenhuma mãe deveria ter que ver sua filha passar por uma injustiça dessas.

Luísa, ainda segurando sua mãe, respirou fundo, sentindo o perfume familiar que tanto a confortava. Com suavidade, afastou-se um pouco, segurando as mãos trêmulas de Maria da Silva entre as suas.

— Mãe, eu sei que isso parece o fim, mas quero que saiba que vivi minha vida da maneira que acreditava ser certa. Amei e se esse for o preço que devo pagar, eu estou aqui. Nunca baixei a cabeça para a injustiça, e não vou baixar agora. Eles podem tirar minha vida, mas nunca poderão tirar quem eu sou, o que nós somos. — A voz de Luísa era firme, mas cheia de ternura. Ela estava pronta para enfrentar o que viesse, mas sua maior preocupação era a mãe, que ficaria para trás, carregando a dor dessa perda.

Maria da Silva olhou para Luísa, os olhos marejados, e por um momento, pareceu reconhecer a força que tanto admirava na filha. No entanto, a dor de perder o ser mais precioso em sua vida era insuportável, e a sensação de impotência a consumia.

— Eu daria tudo para te salvar, minha filha — disse ela, quase num sussurro. — Trocar de lugar com você se pudesse... O que vou fazer sem você?

Luísa apertou as mãos de sua mãe, sentindo a dor que rasgava o coração de Maria da Silva. Ela sabia que nada do que dissesse poderia aliviar aquele sofrimento, mas precisava encontrar uma forma de transmitir à mãe a paz que ela mesma sentia.

— Mãe, preciso que me prometa uma coisa — Luísa disse com uma intensidade que fez Maria da Silva levantar o olhar, surpresa. — Prometa que não vai deixar que nossa luta termine aqui. Não permita que as terras do quilombo caiam nas mãos daqueles que nos querem mal. Lute por nosso povo, por nossa história. Não deixe que minha morte seja em vão.

Maria da Silva sentiu um nó se formar em sua garganta, mas sabia que essa era a última vontade de sua filha. Enxugou as lágrimas e segurou as mãos de Luísa com firmeza.

— Eu prometo, minha filha. Eu vou lutar até o fim. Vou proteger nossas terras, nosso povo. Vou garantir que sua memória viva em cada passo que dermos nessa luta.

Luísa sorriu, um sorriso triste, mas cheio de orgulho. Ela sabia que sua mãe era uma mulher de palavra, uma mulher forte, em que se espelhava e isso lhe trouxe um pouco de paz.

No entanto, ao afastar o olhar da mãe, Luísa sentiu uma onda de lembranças invadir sua mente, lembranças que havia tentado reprimir desde o dia em que tudo mudou. André. O nome dele ecoou em sua mente, trazendo à tona um turbilhão de emoções que ela lutava para controlar.

André.

Ele havia sido sua âncora, seu amor, sua esperança em meio à escuridão. Apesar de toda a dor que ele lhe causou ao abandoná-la, Luísa sabia, em algum lugar profundo de seu coração, que o amor que sentiam um pelo outro ainda estava vivo. Era um sentimento que a mantinha de pé, mesmo quando tudo ao seu redor desmoronava.

Lembrou-se dos momentos que passaram juntos, das promessas sussurradas no silêncio da noite, do dia do casamento que a fez sentir a mulher mais feliz do mundo, e dos sonhos que jamais imaginara, dos olhares cúmplices que trocavam em meio ao tumulto de suas vidas. André a fez acreditar que havia um futuro para eles, um futuro em que poderiam ser felizes, livres das correntes que a sociedade lhes impunha.

Mas tudo isso foi destruído pela realidade cruel que os cercava. O adeus de André, a dúvida que ele semeou em seu coração, foi o golpe mais doloroso que Luísa já havia sofrido. No entanto, apesar da mágoa, o amor que sentia por ele nunca morreu. Ela o carregava consigo, como uma chama que, por mais que tentassem apagar, nunca se extinguia.

Luísa inspirou profundamente, como se pudesse guardar um pouco daquela memória antes de enfrentar seu destino. Ela sabia que, de certa forma, André também havia sido vítima das circunstâncias, manipulado pelas forças poderosas que os separaram. Mesmo assim, não podia negar o vazio que ele deixara em seu peito, uma ferida que, agora, não teria tempo de cicatrizar.

Ela então se virou novamente para sua mãe, segurando firme as mãos envelhecidas e cansadas de Maria da Silva.

— Mãe — começou, sua voz vacilando ligeiramente —, eu também quero que você saiba que, apesar de tudo, eu ainda amo André. Eu sei que ele me machucou, mas não consigo apagar o que sinto. Talvez, em outra vida, nós tivéssemos uma chance.

Maria da Silva olhou profundamente nos olhos de sua filha e, por um momento, viu a jovem menina que costumava correr pelos campos, sonhando com um futuro cheio de amor e felicidade. Seu coração doeu ainda mais ao perceber que, por mais que Luísa tivesse crescido e enfrentado tantas adversidades, ela ainda carregava em si a capacidade de amar, mesmo diante de tudo que aconteceu.

— Eu sei, minha filha... — respondeu Maria da Silva, sua voz carregada de tristeza e compreensão. — Eu sei.

Luísa sorriu um sorriso melancólico, sentindo que aquele seria um dos últimos momentos em que poderia expressar seus sentimentos mais profundos.

— Mas agora, mãe — continuou ela, recuperando a firmeza em sua voz —, o que importa é a luta. Prometa-me que vai lutar, não apenas pelas terras, mas por tudo o que somos, por tudo o que eu tentei ser. E, lembre-se, quando a dor parecer insuportável, que eu estarei ao seu lado, de alguma forma, lutando junto com você.

Maria da Silva sentiu as lágrimas voltarem, mas desta vez, misturadas com um orgulho imenso. Ela segurou o rosto de Luísa entre as mãos, beijando sua testa com ternura.

— Eu prometo, Luísa. Eu prometo que sua memória nunca será esquecida.

Luísa assentiu, satisfeita. Sabia que sua mãe manteria essa promessa. Sabia que, mesmo após sua morte, a luta continuaria, e que, de alguma forma, André também carregaria o ônus dessa promessa, mesmo que talvez não soubesse disso ainda.

Luísa caminhava com passos firmes, o olhar fixo no horizonte. Ela estava vestida com vestido branco que usara em um dos momentos mais felizes da sua vida, quando conheceu André, contrastando com a escuridão que a rodeava.

Seus cabelos pretos esvoaçavam ao vento, e, apesar da gravidade do momento, havia uma dignidade inabalável em sua postura.

Ao seu redor, uma multidão começava a se aglomerar. Alguns vinham por curiosidade mórbida, outros, com corações aflitos, estavam ali para prestar seus últimos respeitos. E havia aqueles, principalmente entre os quilombolas e os progressistas da cidade, que viam em Luísa mais do que uma simples vítima: viam nela um símbolo, uma mártir da luta contra a opressão e o preconceito.

A praça onde a execução estava marcada estava tomada por uma enorme tensão. De um lado, os rostos sombrios dos que clamavam por justiça, cegos pelo ódio e pela ignorância. Do outro, os olhares carregados de dor e indignação daqueles que sabiam que ali se consumava uma injustiça, uma barbaridade.

Maria da Silva estava entre eles, segurando um lenço com força, como se aquilo fosse a única coisa que a mantivesse de pé. Seus olhos estavam fixos em sua filha, e, embora sua alma estivesse em pedaços, ela sabia que não poderia desviar o olhar. Precisava ser forte, como havia prometido.

O silêncio que pairava sobre a praça era interrompido apenas pelo som dos passos de Luísa, cada um deles ecoando como um martelo no coração de Maria da Silva. Quando Luísa finalmente parou diante do cadafalso, ela ergueu o rosto e olhou diretamente para a multidão. Havia em seus olhos uma mistura de dor, determinação e uma paz quase sobrenatural. Ela não mostrava medo, apenas a aceitação de um destino que, embora cruel, ela enfrentaria com a cabeça erguida.

O carrasco se aproximou, seu semblante oculto sob um capuz preto. Ele tinha as mãos firmes, mas hesitava por um breve momento ao olhar para a jovem diante dele. Luísa, percebendo a hesitação, esboçou um leve sorriso, como se quisesse aliviar o fardo daquele homem.

— Não tenha medo — disse o carrasco, desviando o olhar, perturbado, mas logo retomou seu papel.

— Eu não tenho — respondeu Luísa, sua voz clara e forte, ecoando pela praça.

A multidão estava dividida. Alguns olhavam para Luísa com desprezo, como se sua morte fosse uma vitória para suas crenças retrógradas. Outros, porém, lutavam para conter as lágrimas, sabendo que estavam presenciando um ato de extrema injustiça. Entre os quilombolas, o desespero era visível. Muitos deles seguravam as mãos uns dos outros, murmurando orações e palavras de força, enquanto observavam sua irmã ser levada ao sacrifício.

E então, num gesto solene, Luísa fechou os olhos e inclinou a cabeça. Maria da Silva sentiu o chão sumir debaixo de seus pés, o grito preso em sua garganta. Ela queria correr até sua filha, segurá-la e protegê-la de todo o mal, mas sabia que era impotente diante da crueldade que a cercava.

O silêncio que se seguiu foi breve, mas carregado de uma dor avassaladora. A multidão, que até então parecia suspensa no tempo, explodiu em reações divididas. Para os que clamavam por justiça, houve murmúrios de aprovação, seguidos por gritos de triunfo. Mas, para os outros, para aqueles que viam em Luísa uma heroína, o choque se transformou em uma dor profunda, uma dor que logo se tornou fúria.

A praça, antes silenciosa, foi tomada por gritos de indignação e prantos. Os quilombolas, que até então mantinham uma postura de resistência pacífica, começaram a se mover em direção a Luísa desfalecida, seus rostos marcados pela dor e pela raiva. Um clamor de justiça reverberou entre eles, um grito de que a luta de Luísa não terminaria ali. Ela havia se tornado um símbolo, e sua morte não seria em vão.

— Essa barbárie não ficará impune! — gritou um dos líderes quilombolas, sua voz carregada de emoção. A multidão começou a se agitar, com muitos erguendo os punhos em sinal de resistência. As lágrimas que escorriam pelos rostos agora misturavam-se à raiva e ao desejo de vingança.

Ao redor da praça, a notícia da execução de Luísa se espalhou rapidamente, provocando reações de indignação em todas as partes da cidade. Os progressistas, que lutavam por igualdade e justiça, se uniram em protestos e manifestações, exigindo que os responsáveis por aquela atrocidade fossem punidos. O nome de Luísa foi entoado como um grito de guerra, uma lembrança de que, mesmo diante da morte, ela continuava a inspirar a luta contra a opressão.

Maria da Silva, entretanto, permanecia paralisada. O mundo ao seu redor parecia ter perdido todo o sentido. Ela olhava para o corpo de sua filha, agora envolto em um silêncio aterrador, e sentiu um vazio absoluto tomar conta de si. A dor era tão profunda que parecia consumir toda a sua alma.

Mas, no fundo de sua dor, algo começou a despertar. A promessa que fizera a Luísa ecoava em sua mente, trazendo um fio de força em meio ao desespero. Com um último olhar para sua filha, Maria da Silva soube que não poderia sucumbir à dor. Havia uma luta a ser continuada, um legado a ser honrado.

Ela se virou para a multidão, seus olhos ainda marejados de lágrimas, mas agora com uma determinação feroz. Levantou o lenço que segurava, como se fosse um estandarte, e gritou com toda a força que restava em seu coração:

— Que a morte de minha filha seja o início de nossa revolução! Não nos calaremos diante da injustiça!

O grito de Maria da Silva foi recebido com um coro de vozes que se uniram ao seu clamor. A morte de Luísa havia acendido uma chama que não poderia ser apagada. Ela se tornara um símbolo, uma mártir na luta contra a intolerância e o preconceito. E, naquele momento, todos os presentes sabiam que a história daquele quilombo, daquela cidade, jamais seria a mesma.

A dor de perder Luísa ainda queimava nos corações, mas com ela vinha a força de continuar a lutar. E enquanto a multidão se dispersava, carregando consigo a memória de Luísa, uma nova fase de resistência estava apenas começando. A justiça, que Luísa havia buscado em vida, agora seria buscada por todos aqueles que compartilhavam de sua luta.

EPÍLOGO

Maria da Silva estava sentada em sua cadeira de balanço, no pequeno alpendre da choupana. O vento trazia consigo o cheiro das flores do campo, mas nada disso conseguia afastar a tristeza que lhe pesava o coração.

Era um dia como qualquer outro, mas havia algo no ar, uma sensação que ela não conseguia explicar. Ela olhou para a mesa ao seu lado, onde repousava uma única carta. A caligrafia na frente era elegante, cuidadosa e reconhecível: era de André Costa.

Com as mãos trêmulas, Maria pegou a carta, hesitando por um momento antes de abri-la. O papel estava desgastado, como se tivesse sido manuseado inúmeras vezes antes de chegar até ela. Ao desenrolá-lo, as palavras que surgiram diante de seus olhos carregavam um peso que Maria não estava preparada para suportar. Ela começou a ler, e cada palavra parecia ecoar na solidão de seu coração:

Querida dona Maria,

Imagino que minhas palavras não possam aliviar a dor que invadiu seu coração, mas espero que, de alguma forma, elas lhe tragam um pouco de paz. Escrevo estas linhas na noite em que soube da sentença cruel que está sendo destinada à minha amada Luísa, e com a dor da traição que descobri em minha própria casa. Minha mãe, movida por um preconceito e uma ganância que eu nunca soube enfrentar, tramou contra a mulher que eu amo mais do que a própria vida. Eu acreditei em mentiras, deixei que a dúvida contaminasse meu coração, e por isso me culpo profundamente.

Quando soube, algo em mim se quebrou. Percebi que, sem Luísa, a vida não tinha mais sentido. Tentei imaginar um futuro sem ela, mas a escuridão me envolveu de tal forma que não encontrei saída. Minha alma estava irremediavelmente ligada à dela, e viver em um mundo onde ela não pudesse existir seria um castigo maior do que eu poderia suportar.

Nesta noite, tomei uma decisão. Eu esperarei Luísa do outro lado. Essa é a única maneira de continuar com ela, mesmo que em outro mundo, em outra vida. Estou partindo, não por fraqueza, mas porque o amor que sinto por sua filha transcende qualquer sofrimento terreno. Não poderia viver sabendo que a perdi por minha própria inação, minha própria fraqueza.

Há algo que preciso compartilhar com você. Antes de partir, tomei providências para garantir que nossa morte não fosse em vão. Como marido de Luísa, todos os meus bens e a minha parte na herança do meu pai foram transferidos para ela. Agora, com sua morte, tudo passa a ser seu, Maria da Silva. Talvez seja irônico, talvez seja o destino, mas sei que você saberá usar este dinheiro da forma certa. Não tenho dúvidas de que, em suas mãos, esse patrimônio será uma arma contra a injustiça que levou minha amada Luísa.

Espero que, ao ler estas palavras, você encontre algum conforto. Saber que, de algum modo, estou ao lado de Luísa, longe desse mundo cruel, me dá uma paz que eu jamais esperava sentir. Talvez, em outro mundo, onde o preconceito e o ódio não existam, eu e sua filha possamos viver o amor que tanto sonhamos — um amor livre, sem as amarras que nos prenderam aqui.

Despeço-me com o coração cheio de saudade, mas com a certeza de que, onde quer que estejamos agora, estamos juntos.

    Com todo o amor que
   ainda carrego por Luísa,

      André Costa

Maria da Silva segurou a carta junto ao peito, como se pudesse sentir, por meio das palavras, a presença daqueles que amara e perdera. As lágrimas, que ela pensou terem secado há muito tempo, começaram a escorrer pelo seu rosto marcado pelo tempo e pela dor.

Ela sabia que o dinheiro que agora herdava poderia mudar o destino de seu povo, protegendo as terras do quilombo e honrando a memória de sua filha e de André. Mas o vazio deixado por eles, pela história interrompida de amor e sacrifício, jamais seria preenchido. Maria se levantou, caminhando lentamente até a borda do alpendre, onde o horizonte se abria diante dela.

Ali, segurando a carta como um talismã, ela fez uma promessa silenciosa, a última de tantas que fizera: que o sacrifício de Luísa e André não seria esquecido. Que a luta pela justiça e igualdade continuaria, e que, talvez um dia, as almas de ambos encontrassem a paz que tanto buscavam.

O vento soprou suave, como um sussurro, e Maria da Silva fechou os olhos, permitindo-se acreditar, mesmo que por um breve momento, que, em algum lugar além daquele mundo, Luísa e André estavam finalmente juntos, livres das correntes do ódio e do preconceito, vivendo o amor que sempre desejaram.

FONTE Cormorant Garamond
PAPEL Pólen Natural 80g/m²
IMPRESSÃO Paym